変体がなで読む日本の古典

田代圭一
山中悠希
和田琢磨 編

新典社

目 次

第一回　なぜ変体がなを学ぶのか

文庫本や教科書、専門書に収められている古典文学作品の本文は、みな同じなのでしょうか。今ここに、[1]日下力《くさかつとむ》氏訳注『保元物語《ほうげんものがたり》』があります。この書は、半井本《なからいぼん》という[2]古態本《こたいぼん》をもとにしています。その冒頭部分を見てみましょう。

さいつころ、帝王おはしましき。御名をば鳥羽の禅定法皇とぞ申す。

漢字とひらがなで書かれていて、なじみ深い表記となっています。しかし、栃木孝惟《とちぎよしただ》氏によって整えられた、[3]『新日本古典文学大系43　保元物語　平治物語　承久記』所収の本文（同じ半井本をもとにしています）では次のようになっています。

近曾《ちかきころ》、帝王御座《おはしまし》キ。御名《おんな》ヲバ、鳥羽《とば》ノ禅定法皇《ぜんぢやうほふわう》トゾ申ス。

こちらは、漢字カタカナ交じりの本文です。しかも、本文が初めから異なっていますし、読点の付け方も違っています。なぜでしょうか。どちらかが間違っているのでしょうか。それを確認するために、原本を見てみましょう。

近曾帝王御座キ御名ヲハ鳥羽ノ禅定法皇トソ申ス

漢字カタカナ交じりである点、冒頭が「近曾」となっている点は後者と一致しています。しかし、「さいつころ」とも

1　日下力訳注『保元物語』角川ソフィア文庫、二〇一五年

2　古い姿を残している本。

3　『新日本古典文学大系43　保元物語　平治物語　承久記』岩波書店、一九九二年

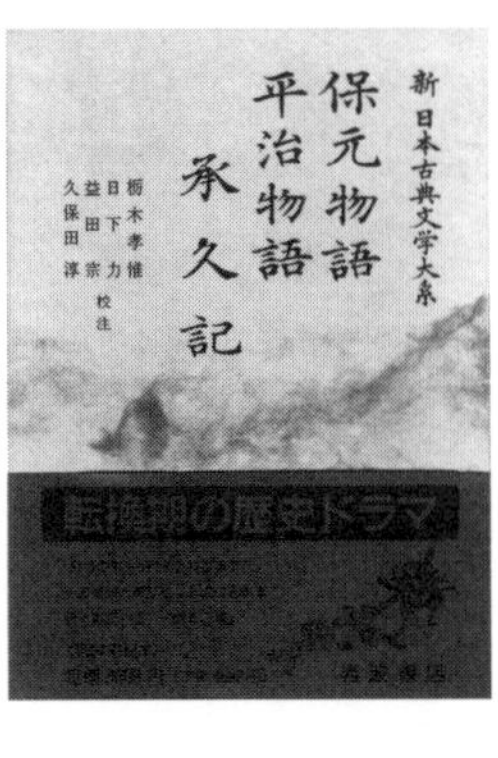

「ちかきころ」とも書いていませんし、濁点の付いた文字や句読点がありません。その意味で、日下・栃木両氏は原本の姿を忠実に伝えているとはいえません。では、この二冊はダメなのかというと、そうではありません。双方ともに信用できる良書で、研究にも十分に利用できるものです。それでは、なぜ原本と違っているのでしょうか。その理由を知るには、古典文学作品の本文の特徴を理解しておかねばなりません。

古典文学作品の多くは書写されて伝えられています。その過程では誤字・脱字が生じたり、意図的に増補・省略がなされたりする場合があります。そのために同じ作品なのに数種類の本文が存在する例も多々あります。また、本文には一般的にカギ括弧や濁点、句読点がありません。ですから、原本は現代人には非常に読みにくいものなのです。こういった作品の本文をできる限りもとの形に近付けようと整備することを**校訂**《こうてい》といいます。私たちが普段手に取って読んでいる多くの本文は校訂されただけでなく、一般の人にもわかりやすいものを提供しようという真摯《しんし》な研究者により、さらに手が加えられたものなのです。読みやすくするためにカタカナをひらがなに変えてあるのもそうですし、句読点や濁点を付してあるのもそうです。こうして、親しみやすい本文が作られているのです。しかし、そのような本文は〝生〟ではなく〝加工〟されたものだということを忘れてはなりません。そこには、一般書・研究書といった出版物の性格や、各研究者の見識や個性が反映されていることも多いのです。先の二書が微妙に異なっているのは以上のような理由によります。

このような本文をそのまま卒業論文で使用したとします。もし論拠となる重要な部分に研究者の独特な主観が反映されていたら。あるいは、研究者のミスで原本と異なった本文になっていたとしたら。せっかくの論文の信憑性が失われてしまうことは容易に想像できるでしょう。信頼される論を立てるためには、まずは自分自身で原本を確認し、本文を吟味しなくてはなりません。これは**変体がな**[4]**（くずし字）**を読めないとできないことです。つまり、変体がなの学習は古典文学作品を学ぶための基礎なのです。ことは古典に限ったことではありません。明治以降の近代文学作品の原稿にも変体がなで書かれているものが数多く見受けられます。日本文学・文化を学ぶには変体がなの学習をおろそかにすることはできないのです。

本書は有名古典文学作品を教材に選んであります。本書をくり返し勉強すれば基本的な変体がなは読めるようになるはずです。12頁以降は実践編として、一行ずつに分割した本文のすぐ脇に字母と翻字《ほんじ》（変体がなを現在の字体で書くこと）を書き込めるように工夫してあります。各回冒頭の図版を適宜参照しながら勉強してみてください。「やってみよう」は切り離せるので、テスト感覚で利用するのもよいでしょう。コラム[5]や欄外注、参考文献（◎が付いているのは読みやすい本）を読めば、書誌学[6]や作品の特徴、文学史の知識も深められます。ぜひ作品内容も楽しみながら変体がなを勉強してください。

4　現在使用されているひらがなの字体が定められたのは明治三十三年（一九〇〇）のことで、その際、標準字体以外のかなを「変体がな」と呼ぶようになりました。それより前には、一つのかなにさまざまな字体がありました。それは、同一文字に複数の字母《じぼ》（第二回「字母を覚えよう」参照）があった上に、文字のくずし方も多様だったからです（8〜10頁「字母一覧（抄）」参照）。本書では便宜上、これらのバラエティーに富んだかな文字の形態を総称して「変体がな」と呼びます。

5　コラムについて興味のある方は、田代圭一『人と書と　歴史人の直筆』（新典社、二〇一六・二〇一八・二〇二二年）を読んでみると良いでしょう。

6　井上宗雄他編『日本古典籍書誌学辞典』（岩波書店、一九九九年）が良い書誌学辞典です。

第二回　字母を覚えよう

ある変体がなのもとになった漢字をそのかなの**字母**と呼びます。

例えば、ここに「あ」[1]というかながあります。この「あ」というかなは、漢字の「安」をくずしたものです。この場合、漢字の「安」がこのかなの字母ということになります。

ただし、字母が同じかなであっても、簡略化の程度やくずされ方によって、字形が大幅に異なる場合があります（本書8～10頁「字母一覧（抄）」参照）。写本《しゃほん》などでは書写者の字のくせなどの影響も受けます。文字の形からなんとなく見当をつけることも可能ですが、そうでないこともあるでしょう。このような時、字母を知っていれば、かなを読む際の判断材料の一つとすることができます。

また、現在一般に通行しているひらがなは、明治三十三年（一九〇〇）の小学校令施行規則によって一音につき一字が定められたものです。それ以前は、一つの音を表記する際に使われるかなは一種類ではなく、異なる字母をもつ何種類かのかなが使われていました。例えば、ここに挙げた「ふ」[2]は「不」を字母とするかなであり、この「ふ」をもとにして現在の「ふ」というひらがなが決められたのですが、もともとは、「不」を字母とするかなの他にも、「布」[3]を字母とするかなや「婦」[4]を字母とするかななどがありました。かつての人々はこれらの複数のかなを自在に使いこなしながら文章を書いていたのです。古い書物を自分自身の力で読んでいくためには、これらの現在使われていないかなについての知識が必要になってきます。

どのような言語であれ、書かれた文章を読むためには、そこで使われている文字を覚えなくてはなりません。よって、日本の古い書物を読む際には、変体がなと字母の知識が必須となってくるのです。しかしながら、いきなりすべてのかな、すべての字母を覚えるのは非常に大変に感じるでしょう。じつは、字母の中にもよく使われるものとそうでないものが存在し

1

2

3

4

ます。例えば、現在の「た」[5]というひらがなは「太」を字母とするかながもとになっていますが、古い文献を読んでいると、「太」を字母とするかなよりも、「多」[6]を字母とするかなが圧倒的に多く使われています。本書の「字母一覧（抄）」には、古い文献で頻繁に使われる字母を精選して掲載しています。学習初心者は、まずはここに挙げられている字母を覚えるようにしましょう。これらの字母を覚えるだけでも、古い文献に出てくるかなりの割合のかなを読むことが可能です。それでもはじめは苦労するかもしれませんが、継続していると、同じ形のかなが何度も繰り返し出てきますので、自然と目が慣れてくることでしょう。

　本書の教材には、古典文学の中から著名な作品を厳選し、その中でもとくに有名な場面を扱っていますので、中学校・高校などで学習したことのあるものがほとんどだと思われます。かつて暗記したことのある文章、一度は接したことのある文章でしょうから、まずはそういった知識を活用しながら推理をし、謎を解くような感覚で読解を進めてみてもよいと思います。

　また、読解の際には、

『増補改訂　仮名変体集』（伊地知鐵男編、新典社、一九六六年）

の併用をおすすめします。本書の「字母一覧（抄）」に掲載しきれなかった変体がなの用例を確認することができます。さらに詳しく調べる時には、

『くずし字解読辞典　普及版』（児玉幸多編、東京堂出版、一九九三年）
『くずし字用例辞典　普及版』（児玉幸多編、東京堂出版、一九九三年）
『くずし字辞典』（波多野幸彦監修、東京手紙の会編、思文閣出版、二〇〇〇年）

などを使います。漢字を調べる時には、『改訂第三版　五體字類』（高田竹山監修、法書会編輯部編著、西東書房、二〇〇一年）などが便利です。また、近年では、インターネットでの検索が可能な「電子くずし字字典データベース」（東京大学史料編纂所）や「木簡・くずし字解読システム―MOJIZO―」（奈良文化財研究所・東京大学史料編纂所）、スマートフォン等で手軽にかな文字の学習ができる「変体仮名あぷり」（早稲田大学・カリフォルニア大学ロサンゼルス校）や「くずし字学習支援アプリ KuLA」（大阪大学）、AI くずし字認識アプリ「みを（miwo）」（ROIS - DS 人文学オープンデータ共同利用センター）なども登場していますので、活用してみるとよいでしょう。

5　6

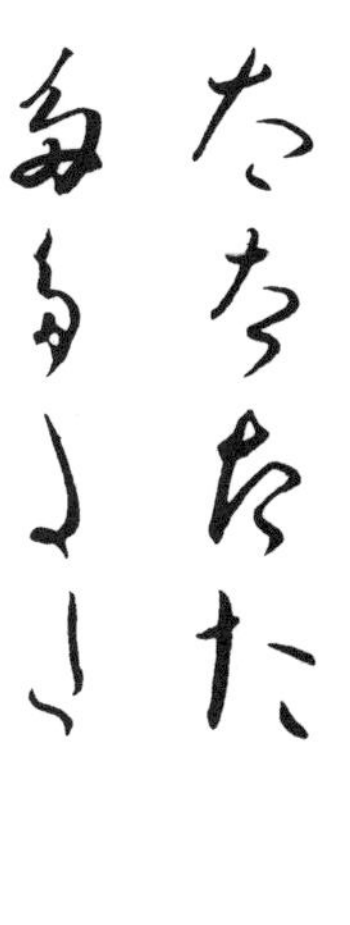

字母一覧（抄）

あ　安　阿　愛　悪
い　以　伊　意
う　宇　有　雲　羽
え　衣　盈　要　江

得　縁
お　於
か　加　可　閑　家　我　駕　賀　香　歟
き　幾　支　起　木　貴

喜
く　久　具　倶　求　供
け　計　介　遣　希　気 氣　稀
こ　己　古　許　子　故

期　興
さ　左　佐　散　斜　沙　差　狭
し　之　志　新　事　四　師　斯
す　寸

須　春　寿 壽　数
せ　世　瀬　勢　声 聲
そ　曽 曾　所　楚　処 處　蘇
た　太　多　堂　当 當

田
ち　知　地　千　遅　致　智
つ　川　徒　津　都　頭
て　天　帝　転 轉　伝 傳　弖

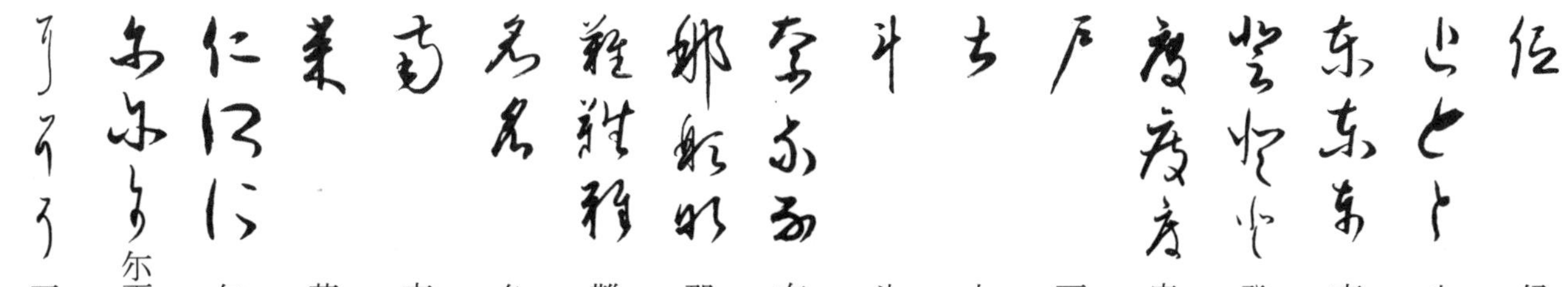

	と							な						に		
伀	止	東	登	度	戸	土	斗	奈	那	難	名	南	菜	仁	尓 爾	耳

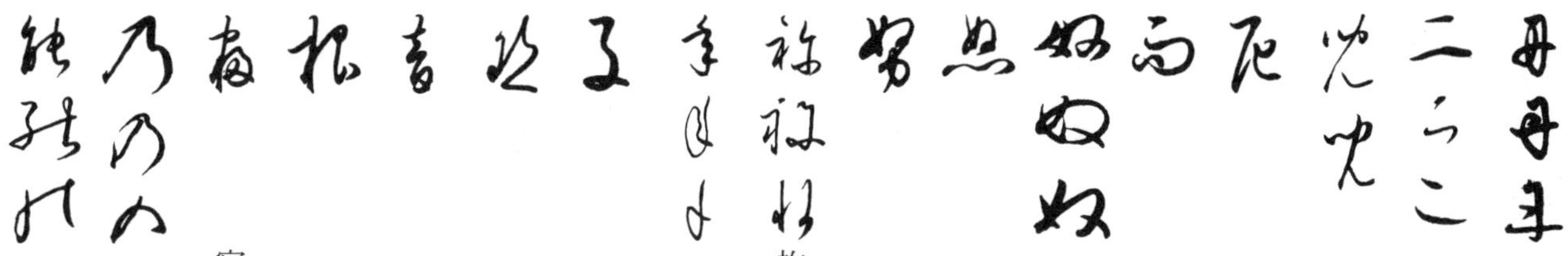

					ぬ			ね							の	
丹	二	児	尼	而	奴	怒	努	祢 禰	年	子	熱	音	根	寝 寢	乃	能

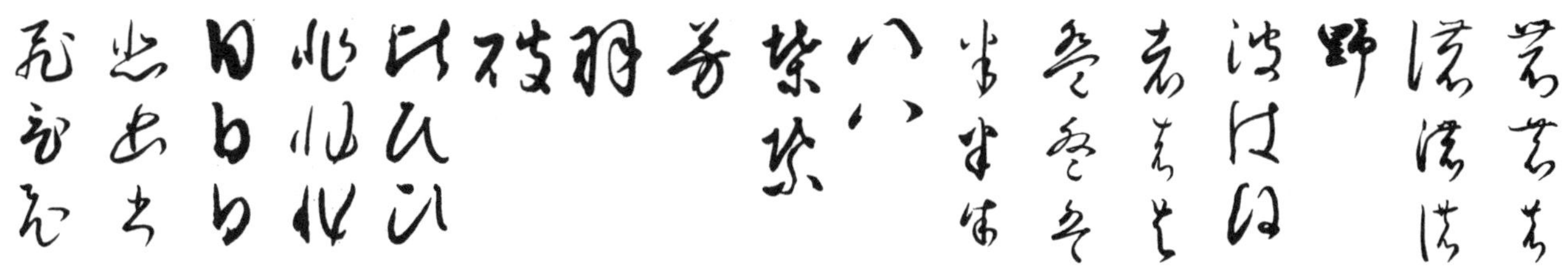

			は									ひ				
農	濃	野	波	者	盤	半	八	葉	芳	羽	破	比	非	日	悲	飛

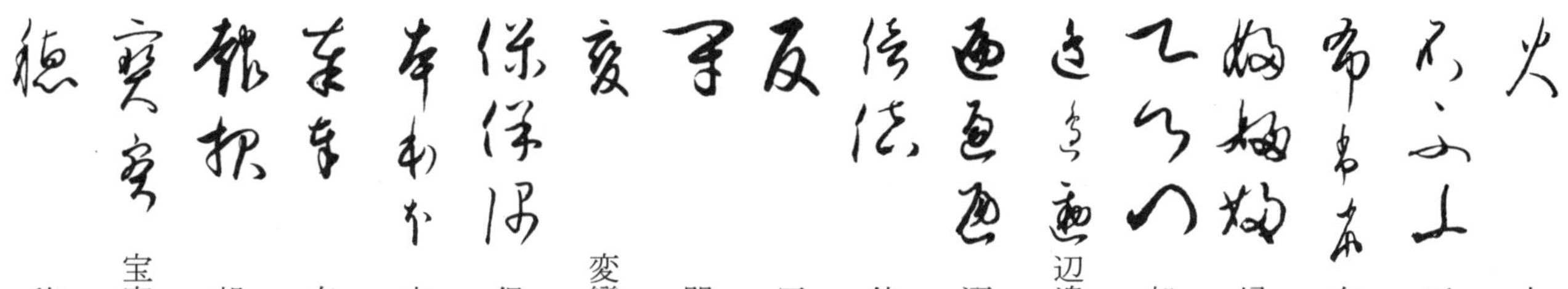

	ふ			へ							ほ					
火	不	布	婦	部	辺 邊	遍	倍	反	閉	変 變	保	本	奉	報	宝 寶	穂

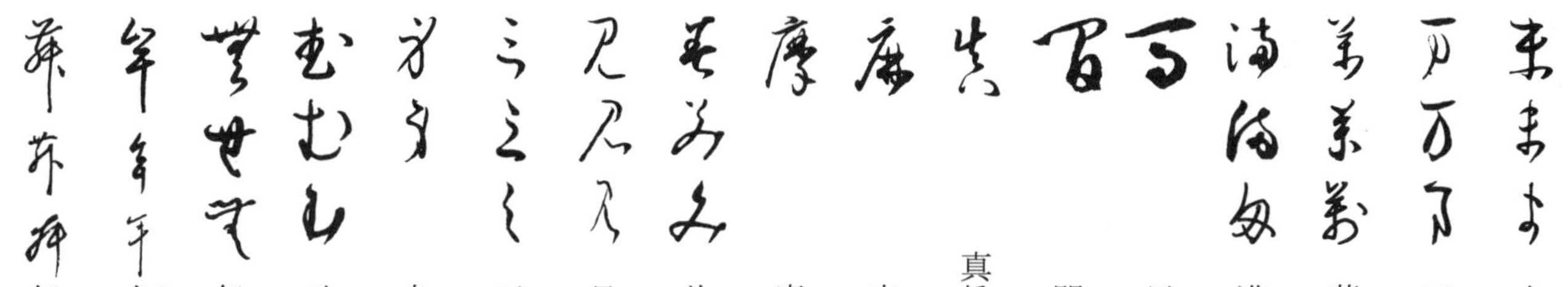

ま									み				む			
末	万	萬	満	馬	間	真 眞	麻	摩	美	見	三	身	武	無	牟*	舞

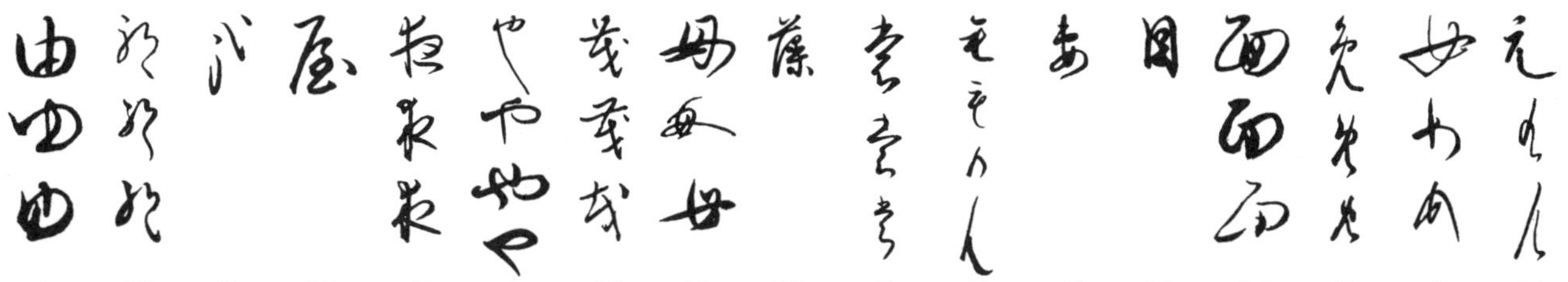

	め					も					や					ゆ
无	女	免	面	目	妻	毛	裳	藻	母	茂	也	夜	屋	哉	耶	由

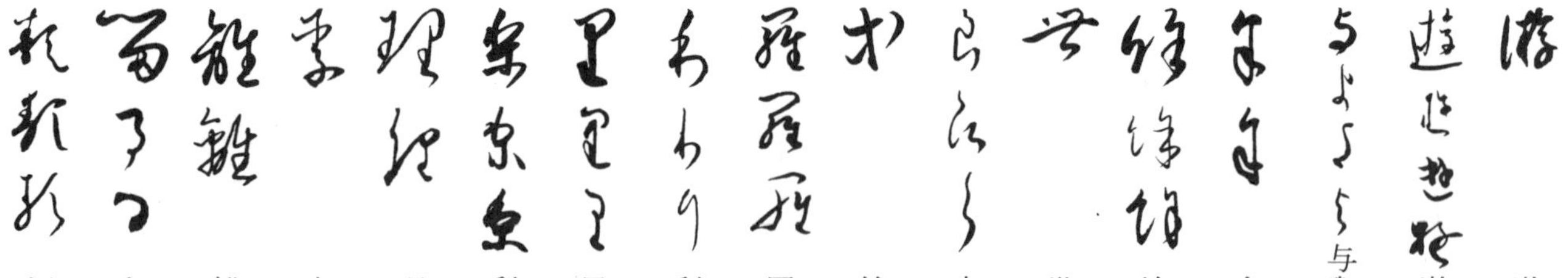

游　遊　よ 与與　余　餘　世　ら 良　等　羅　り 利　里　梨　理　李　離　る 留　類

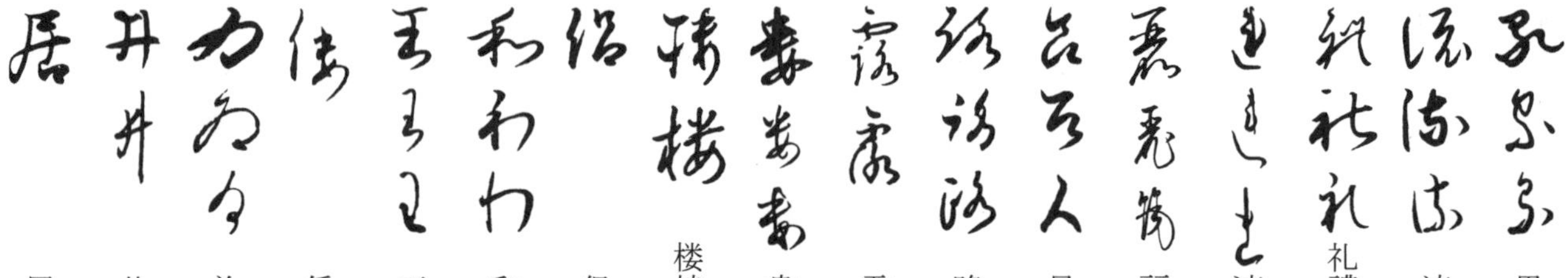

累　流　れ 礼禮　連　麗　ろ 呂　路　露　妻　楼樓　侶　わ 和　王　倭　ゐ 為　井　居

委　ゑ 恵惠　衛衞　慧　を 遠　越　緒　尾　乎　ん 无*

特殊文字一覧（抄）

◆合字

・ひらがな

こと　より

・カタカナ

コト　シテ　トキ　トモ

◆おどり字

・複数文字の連続を示す　〳〵

・ひらがなの場合　ゝ　ゞ

・カタカナの場合　ヽ　ヾ

・漢字の場合　〻　々

＊「无」について　中世以降の写本では「无」は「ん」の意識で書かれていることが多いため、本書では原則「无」を「ん」と翻字している。ただし『土左日記』については、音韻の時代的な変化、字体の区別、書写時の表記の仕方などになお検討の必要があるとされ（今野真二『仮名表記論攷』清文堂出版、二〇〇一年）、判断に慎重を要する。本書第五回では初心者の方にも考慮して「无」を「む」と翻字している。

◆やってみよう①

A 字母を翻字してみよう（網掛け部分は漢字）。

雪							降		
	例				御	格	子		
		炭	櫃		火				
物	語								
					少	納	言		香
炉	峰		雪						

雪	乃	以	止	多	可	宇	降	太	留
遠	例	奈	良	寸	御	格	子	万	為
理	天	炭	櫃	仁	火	於	己	之	帝
物	語	那	登	志	天	安	川	末	梨
左	婦	良	不	尓	少	納	言	与	香
炉	峰	能	雪	伊	加	南	羅	武	

B 空欄に当てはまる文字を入れてみよう。

翻字	字母
	於
ほ	
み	

翻字	字母
る	
	里

翻字	字母
	満
に	

解答↓76頁

第三回『竹取物語』

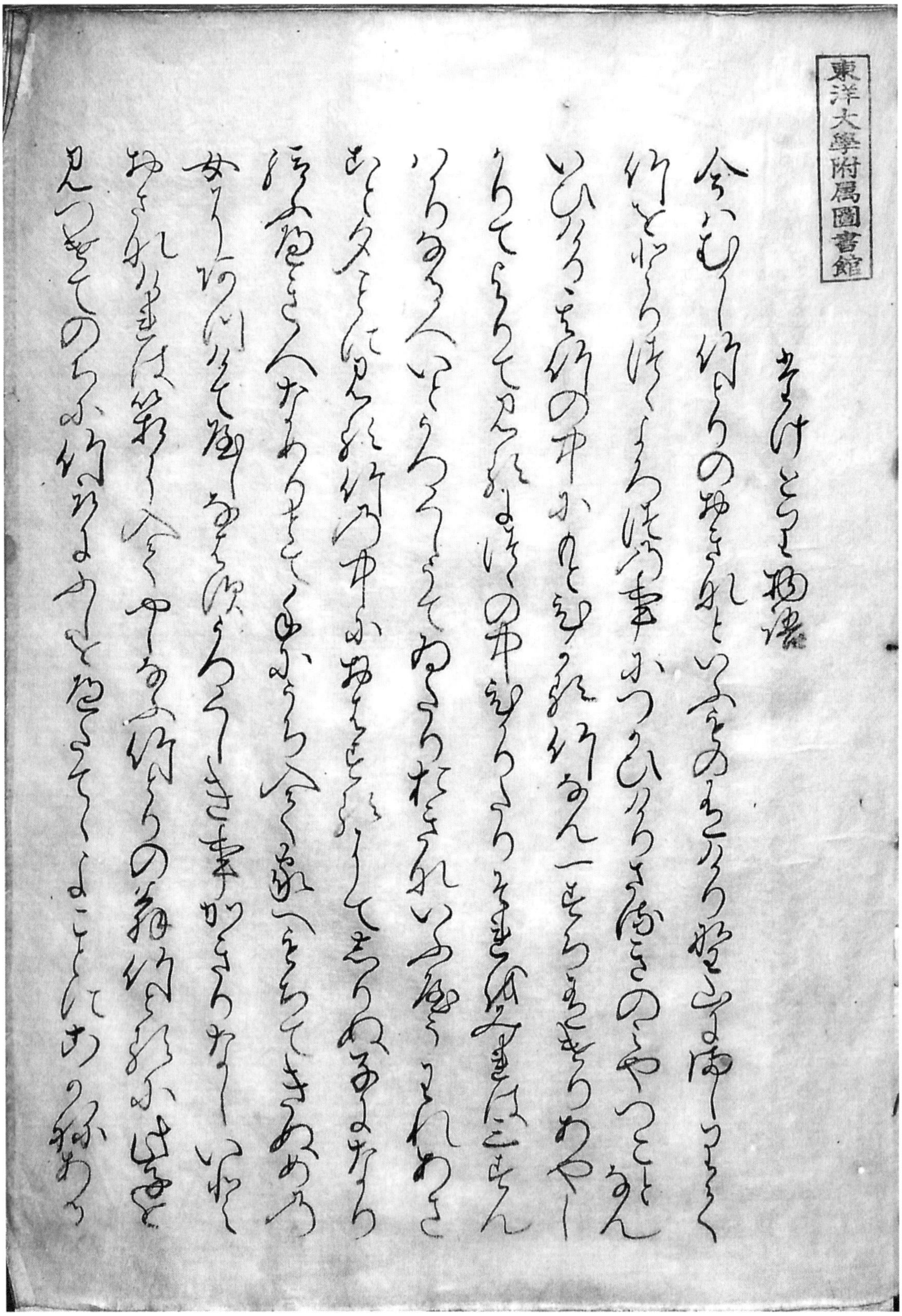

竹とり物語

東洋大学附属図書館蔵『竹とり物語 全』冒頭（写本）

翻字	字母
たけとり物語	

1

翻字	字母
今はむかし竹とりのおきなといふもの有けり野山にまじりて	

2

翻字	字母
竹をとりつゝよろつの事につかひけりさるきのみやつことなん	

3 ①

翻字	字母
いひけり其竹の中にもとひかる竹なん一すち有けりあやし	

4

【作品】

〔成立〕 未詳。九世紀、あるいは九世紀末から十世紀初め頃の成立か。**〔作者〕** 未詳。**〔その他〕** 初期のつくり物語の一つ。さまざまな漢籍・仏典の影響を受けており、さらにさまざまな話型（説話や伝承などにおける話の型）の取り込みがなされている。『源氏物語』「絵合」巻では梅壺女御（秋好中宮）方の物語絵として登場し、「物語の出で来はじめの親なる竹取の翁」と評されている。「かぐや姫の物語」という呼称もみえる（「蓬生」巻）。

【解説】

掲載箇所は竹取の翁が竹の中からかぐや姫を見つける冒頭部分。『万葉集』巻十六には「竹取翁」の長歌が収められており、「竹取翁」にまつわる古い伝承の存在が想定されている。また、『今昔物語集』巻第三十一第三十三には「竹取翁《たけとりのおきな》、見付女児養語《をむなごをみつけてやしなふこと》」という類似の説話があるが、求婚者の人数が三人となっており、難題の内容なども異なっている。

【語釈】

① 「さるきのみやつこ」は、正しくは「さぬきのみやつこ」か。竹取の翁の名。

② 「三寸」は約九センチメートル。

③ 「子になり給ふべき人なり」の「子」と竹から作る「籠《こ》」を掛けて

翻字	かりてよりて　るにつゝの　ひかりたりそれをみれは　すん
字母	見　中　三

5

②

翻字	はかりなる　いとうつくしうてゐたりおきないふやうわれあさ
字母	人

6

翻字	こと　ことに　る　の　におはするにてしりぬ　になり
字母	夕　見　竹　中　子

7

③

翻字	ふへき　なめりとて　にうち　て　へもちてきぬめの
字母	給　人　手　入　家

8

いる。

④「女」は「嫗《おうな》」との表記の混同。

⑤「箱」は、正しくは「籠」。「子」と竹の「籠《こ》」との掛詞。後世には「はこ（箱）」と理解された例もあり、箱に入れて育てられるかぐや姫が絵巻などの絵に描かれることもあった。

【現代語訳】

今ではもう昔のことだが、竹取の翁という者がいた。野山に分け入って竹を取ってきては、さまざまな物を作るのに使っていた。名を、讃岐の造といった。（あるとき、翁がいつも取っている）その竹の中に、根元の光る竹が一本あった。不思議に思って、近くに寄って見ると、竹筒の中が光っている。その筒の中を見ると、三寸ほどの人が、たいそうかわいらしい姿で座っている。翁が言うことには、「私が毎朝毎夕見る竹の中にいらっしゃるので、わかった。（あなたは、竹から作る籠《こ》のように、私の）子におなりになるはずの人のようだ」と言って、手のひらに入れて、家に持って帰った。妻の女〔嫗《おうな》〕に預けて育てさせる。かわいらしいこと、この上ない。たいそう幼いので、箱〔籠〕に入れて育てる。竹取の翁が竹を取ると、この子を見つけて後に竹を取ると、竹の節を隔てて、節と節とのあいだにある空洞ごとに、黄金の入っている（竹を見つけるこ

翻字 字母

女にあつけてやしなはすうつくしき事かきりなしいと

9 ④

翻字 字母

おさなけれは箱に入てやしなふ竹とりの翁竹とるに此子を

10 ⑤

翻字 字母

見つけてのちに竹取にふしをへたてゝよことにこかねある

11

とが度重なった。)

【参考文献】

・藤井貞和「竹取物語」市古貞次責任編集・秋山虔編『増訂版 日本文学全史2 中古』學燈社、一九九〇年

・片桐洋一「解説」片桐洋一・福井貞助・高橋正治・清水好子校注・訳『新編日本古典文学全集12 竹取物語 伊勢物語 大和物語 平中物語』小学館、一九九四年

◎室伏信助訳注『新版 竹取物語』角川ソフィア文庫、二〇〇一年

・中野幸一・横溝博編『竹取物語絵巻』勉誠出版、二〇〇七年

第四回 『伊勢物語』

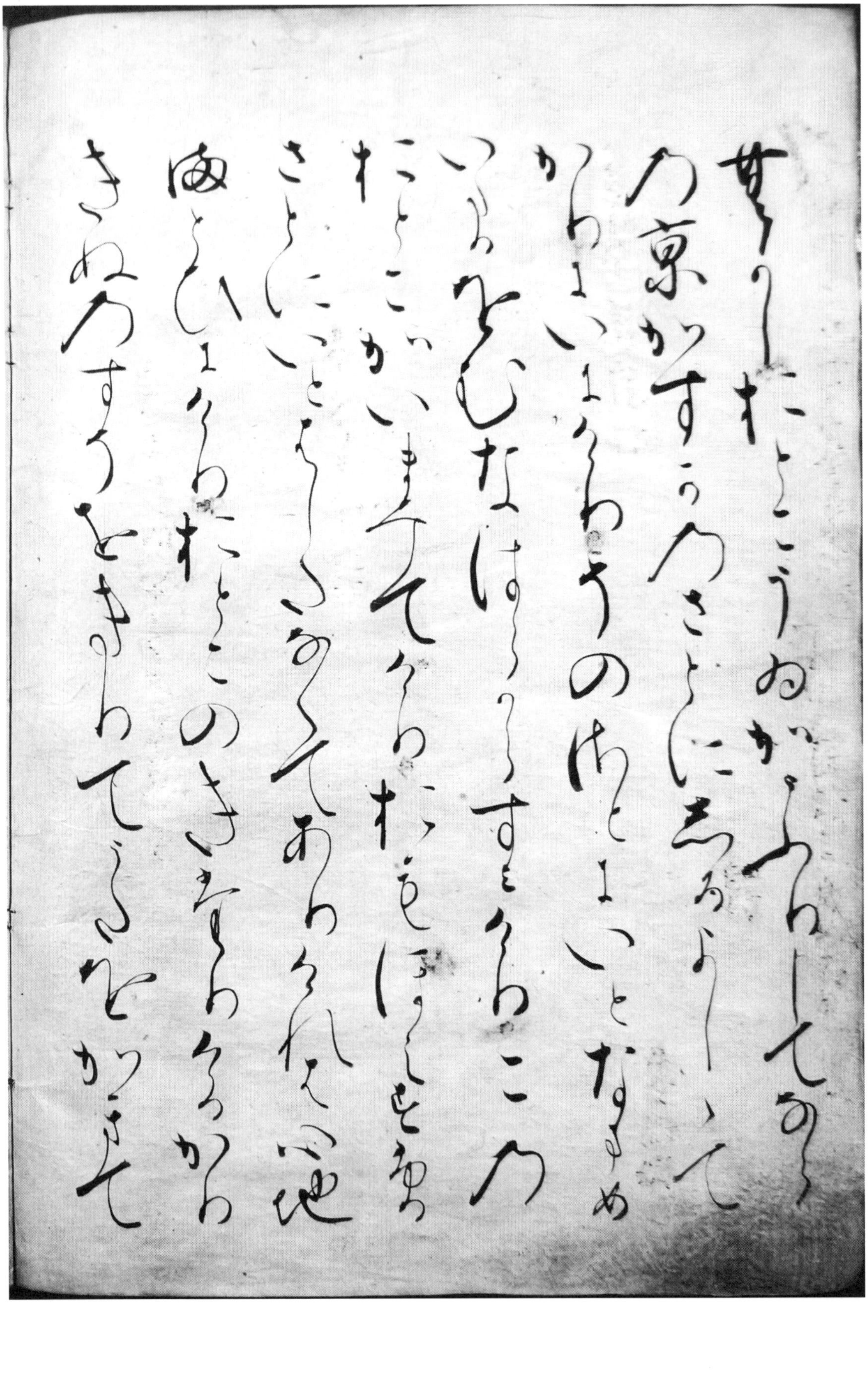

東洋大学附属図書館蔵『伊勢物語』冒頭（写本）

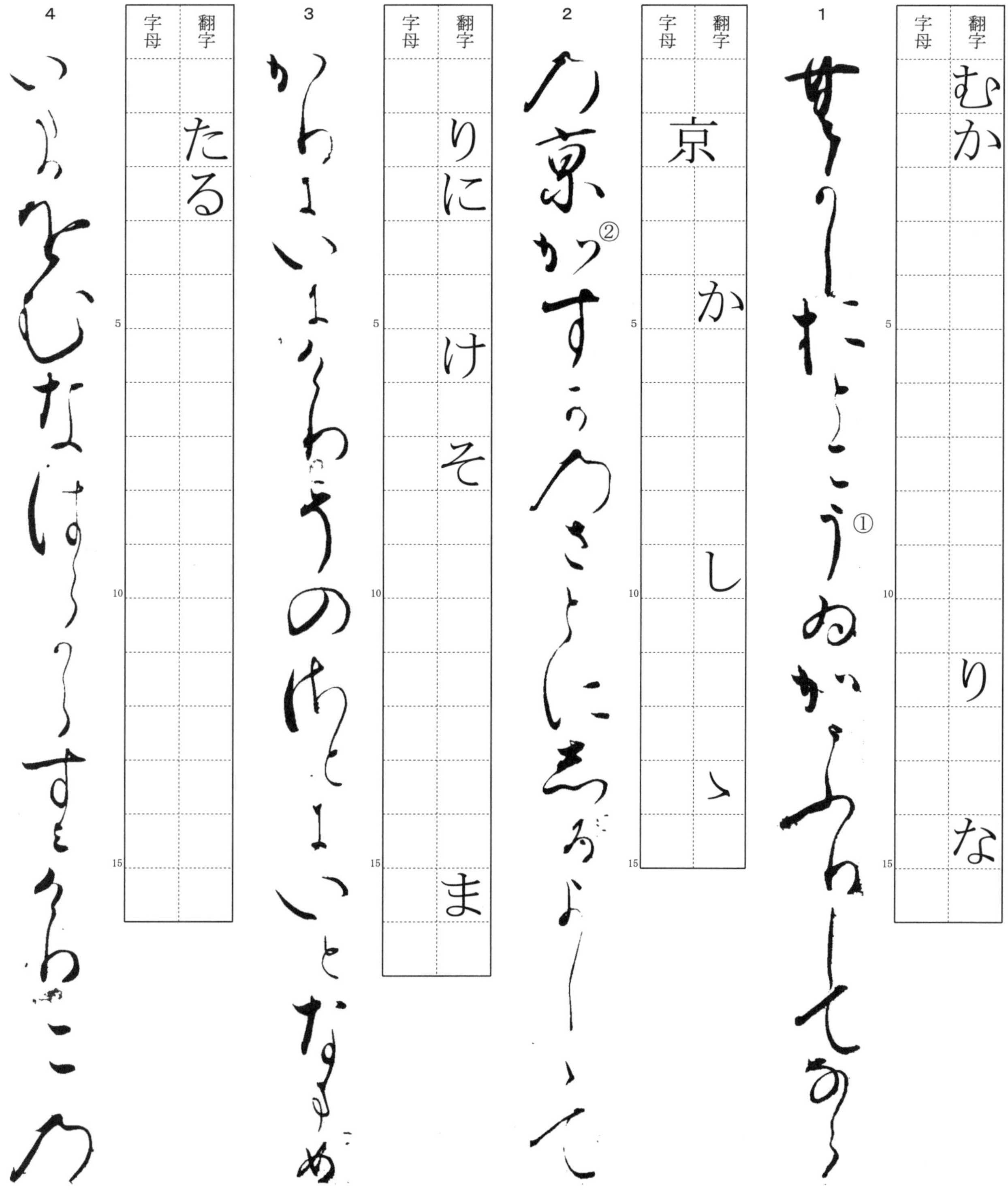

【作品】

〔成立〕未詳。長期間の成長過程を経て現在の形になったものかと言われているが、成立については諸説あり、なお定説をみない。〔作者〕未詳。〔その他〕『伊勢物語』の成立・作者の問題は複雑な事情を有しており、現在も議論が続けられている。

書名の由来など、他にも明らかになっていないことが多い。『伊勢物語』は古来歌人必読の書とされ、藤原《ふじわらの》定家《ていか》《さだいえ》も繰り返し書写を行った。この写本も定家本系統に属するものである。

【解説】

『伊勢物語』には、ある「男」にまつわる和歌を中心とした短い物語が集められ、男の一代記風に並べられている。主人公は基本的に「昔、男（ありけり）」という表現で語られる。この「男」には六歌仙の一人在原業平《ありわらのなりひら》の姿が暗示されているが、さまざまな虚構化がなされており実在の業平そのものではない。後世まで多様な形で享受《きょうじゅ》され、『源氏物語』などの散文作品にも多大な影響を与えた。

【語釈】

①「うゐかうふりして」は「初冠《うひかうぶり》して」で、「元服して」の意。男子の成人の儀式。

②「春日《かすが》」は現在の奈良市春日野町、

翻字	字母
えすふ	

5

翻字	字母
は	
心地	

6

翻字	字母
ま	
た	

7

翻字	字母
そ	

8

奈良公園のあたり。

③「かいまむ」は物のすきまからののぞき見をする意。

【現代語訳】

昔、男が元服をして、奈良の京の春日の里に、領地をもつ縁で狩に行った。その里に、たいそう若々しく美しい姉妹が住んでいた。この男は物のすきまから（姉妹の姿を）のぞき見てしまった。思いがけず、旧《ふる》い都にたいそう不似合いな様子でいたので、心乱れてしまった。男が、着ていた狩衣の裾を切って、歌を書いて（贈る。）

【参考文献】

◎中田武司「伊勢物語の特徴」雨海博洋・神作光一・中田武司編『歌語り・歌物語事典』勉誠社、一九九七年
・山本登朗「伊勢物語 成立」田中登・山本登朗編『平安文学研究ハンドブック』和泉書院、二〇〇四年
・鈴木日出男『伊勢物語評解』筑摩書房、二〇一三年
・片桐洋一『伊勢物語全読解』和泉書院、二〇一三年
・妹尾好信・渡辺泰宏・久下裕利編『伊勢物語の新世界』武蔵野書院、二〇一六年

◆やってみよう② 『百人一首』

・現存最古の百人一首の写本、宮内庁書陵部蔵『詠哥大概』（文安《ぶんあん》二年〔一四四五〕写）1～15行目の字母を書いてみよう。

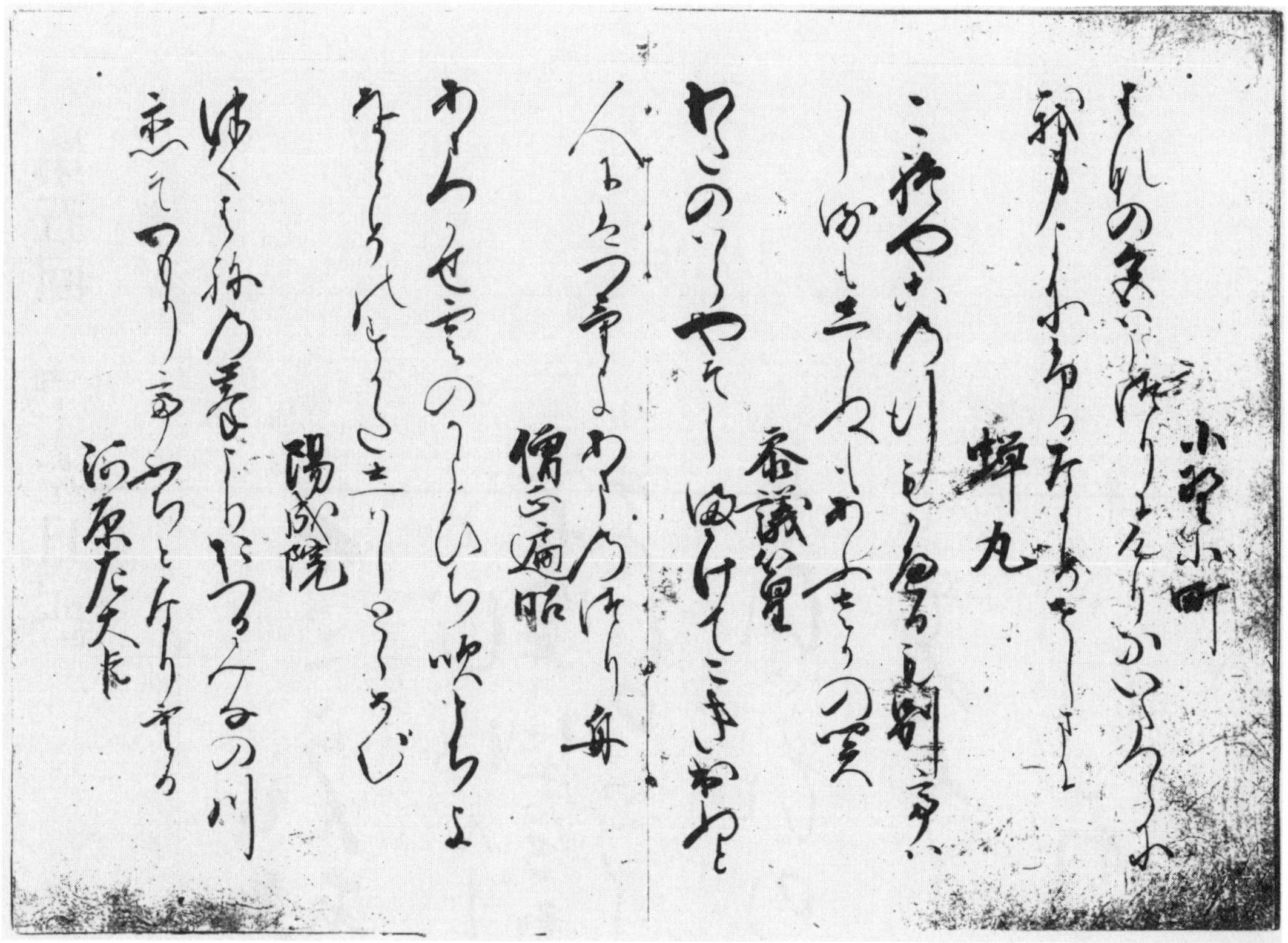

1 小野小町
2 色
3 我身
4 蟬丸
5 行　別
6 関
7 参議篁
8 出
9 人　舟
10 僧正遍昭
11 雲　吹
12
13 陽成院
14 峯　川
15 恋

解答↓76頁

第五回 『土左日記』

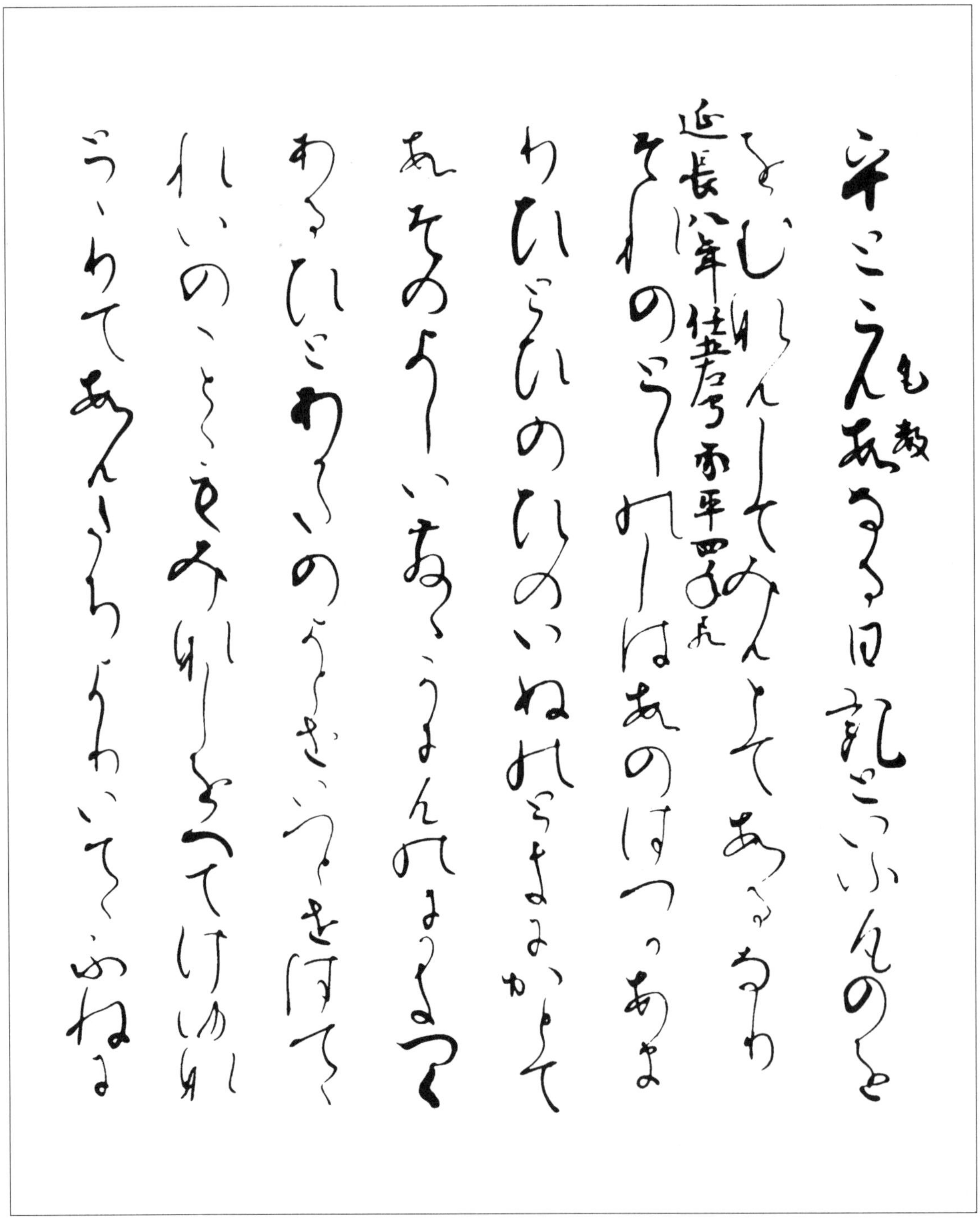

東海大学蔵桃園文庫『土左日記』冒頭（写本）
〔東海大学蔵桃園文庫影印叢書 第九巻『土佐日記・紫式部日記』（東海大学出版会、一九九二年）〕

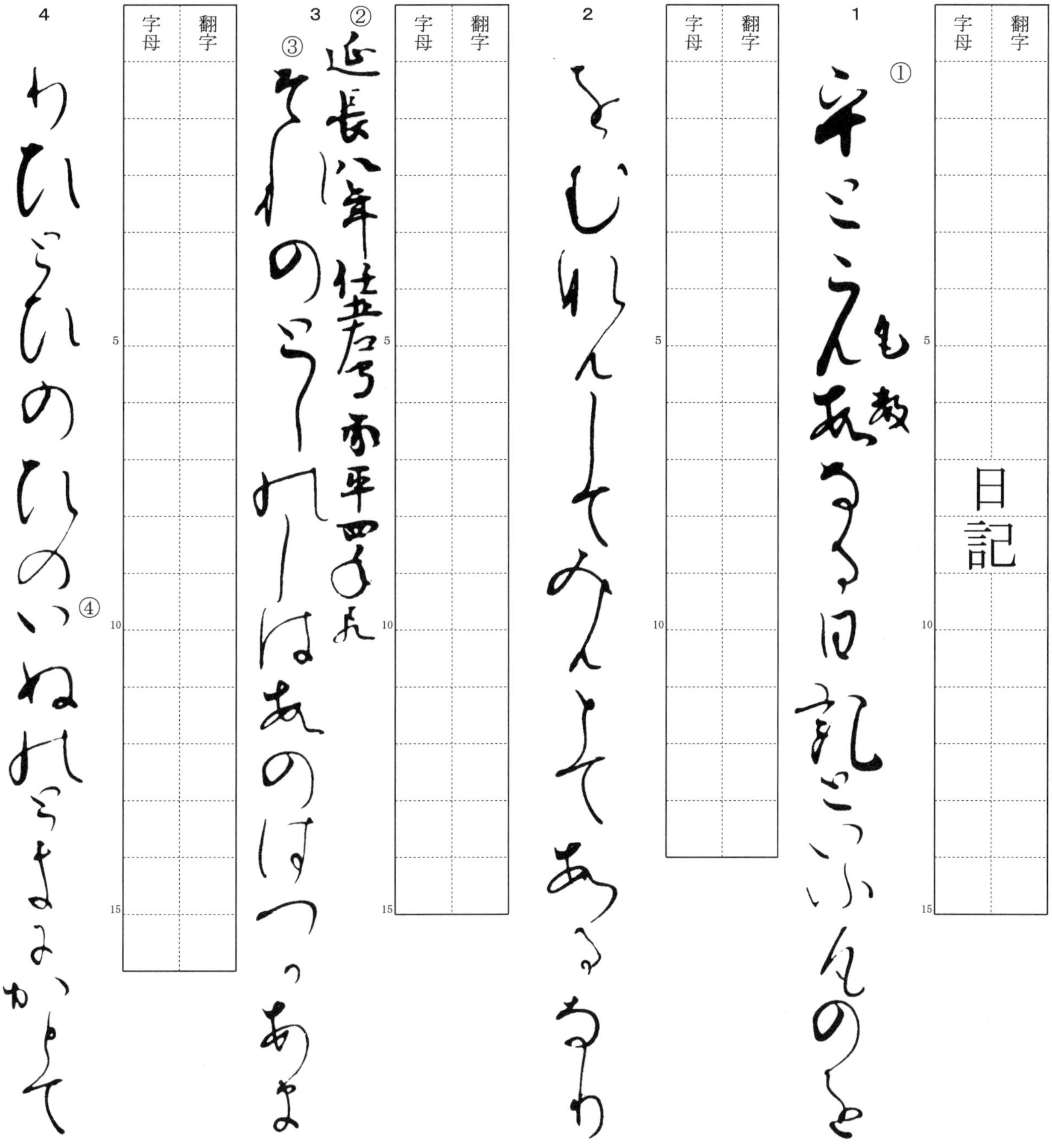

【作品】
〔成立〕紀貫之が土佐から帰京したのが承平《じょうへい》五年（九三五）のことで、成立は承平五、六年頃かと推定されている。〔作者〕紀貫之。『古今和歌集』撰者、歌人。〔その他〕世間一般には『土佐日記』と表記されるが、伝本の表記に即して『土左日記』と表記されることも多い。この写本は貫之自筆本を転写した藤原為家筆本（嘉禎《かてい》二年（一二三六）書写）の転写本とされる。貫之自筆本の姿のみならず、平安初期の仮名文のありようを考える上でも貴重な資料と言える。

【解説】
「あるひと」が任国から出立するために某年十二月二十一日に門出し、翌年二月十六日に帰京するまでの五十五日間の旅の出来事を一日も欠かさず記す日次《ひなみ》の記の体裁をとる。『土左日記』の中では筆者は「女」に仮託され、年時や土佐という地名も朧化されており、主（「あるひと」）が実在の紀貫之であることは明記されていない。

【語釈】
①「をとこもすなる日記」は「男性も書くと聞いている日記」の意。「日記」とは基本的に男性官人が政治的な事項や公的行事の記録などを後日参照するために記す漢文日記のことを指す。
②貫之は延長《えんちょう》八年（九三〇）土佐

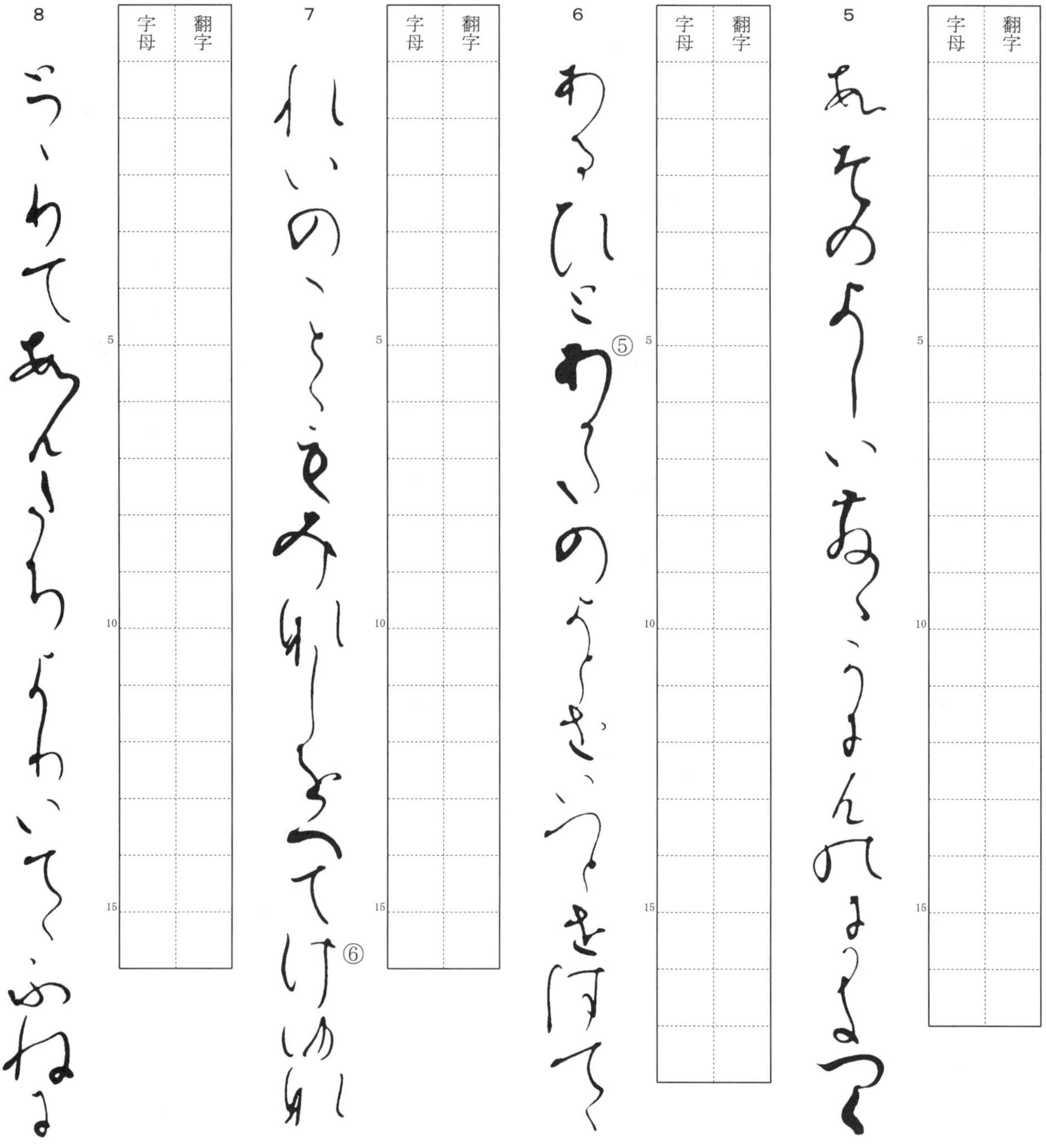

守に任官し承平四年（九三四）に土佐を発った。

③「それの年」は「ある年」の意。

④「戌《いぬ》の刻《とき》」は午後八時頃。

⑤「県《あがた》」は国司の任国。

⑥「解由《げゆ》」は解由状のこと。国司の任を引き継ぐ際に後任者が前任者に渡す文書。

【現代語訳】

男性も書くと聞いている日記というものを、女性である私も書いてみようと思って書くのである。ある年の十二月の二十一日の午後八時頃に門出をする。その旅のことを、少しばかり物に書きつける。ある人が、国司としての四、五年の任期が終わって、恒例の事務の引き継ぎなどもすべてし終えて、解由状などを受け取って、住んでいた館から出て、船に（乗るはずの場所へと移る。）

【参考文献】

・橋本不美男『原典をめざして 古典文学のための書誌』笠間書院、一九七四年

・村瀬敏夫「解題」東海大学蔵桃園文庫影印叢書 第九巻『土佐日記・紫式部日記』東海大学出版会、一九九二年

◎菊地靖彦・長谷川政春「土左日記」石原昭平他企画編集、岩佐美代子他編集委員『日記文学事典』勉誠出版、二〇〇〇年

コラム◆装訂の名称

藤原定家（一一六二～一二四一）筆『土左日記』（前田育徳会尊経閣文庫蔵、国宝）には、次のような奥書《おくがき》がある。

文暦二年乙未五月十三日乙巳、老病中、／雖眼如盲、不慮之外、見紀氏自筆／本蓮華王院宝蔵本、／料紙白紙不打、／無堺、高一尺一寸三分許、広／一尺七寸二分許紙也、廿六枚、無軸、／表紙続白紙一枚端聊折返、不立竹、／無紐、／有外題、土左日記貫之筆、／其書様、和哥非別行定行に書之、／聊有闕字、哥下無闕字而書後詞、／不堪感興、自書写之、昨今二ケ日／終功、桑門（藤原定家）明静

（原則として常用字体で記し、適宜読点を施した。「／」は改行）

ここからは藤原定家が文暦《ぶんりゃく》二年（一二三五）五月に、老いの病で目も見えづらい中を思いがけず紀貫之自筆の『土左日記』を目にし、感興にたえず二日かけて書写したことがわかる。また、貫之自筆本の書誌情報も記されており、料紙《りょうし》の状態（傍線部①）、料紙の大きさ（②）、紙数（③）、形状（④）を確認することができる。特に④の軸も紐もないと言及していることから、巻物の形態であったことが判明するのである。ここでは、書物の代表的な形態（装訂）と、各部位の名称を記すことにする（〔　〕は単位）。①、③に見られる料紙の状態と継ぎ方については、それぞれ53頁と27頁を参照のこと。

料紙を糊で横に貼り継ぎ、軸と表紙を付けた**巻子本**《かんすぼん》〔巻、軸〕。料紙を中央で半分に折って重ね、折り目の外側を糊で貼り合わせるという方法で頁を増やしていった**粘葉装**《でっちょうそう》〔帖〕。物語や歌集といった文学作品に多く、料紙を数枚重ね、中央から半分に折った状態で一括《ひとくくり》とし、数括を合わせて折り目の部分を糸で綴じた**列帖装**《れつじょうそう》《れっちょうそう》（綴葉装《てっちょうそう》とも）〔帖、冊〕。料紙を中央で半分に折って重ね、折り目と反対の部分を糸で綴じ合わせた**袋綴じ**《ふくろとじ》〔冊〕などがある。

（列帖装以外の図版はいずれも宮内庁書陵部蔵）

巻子本

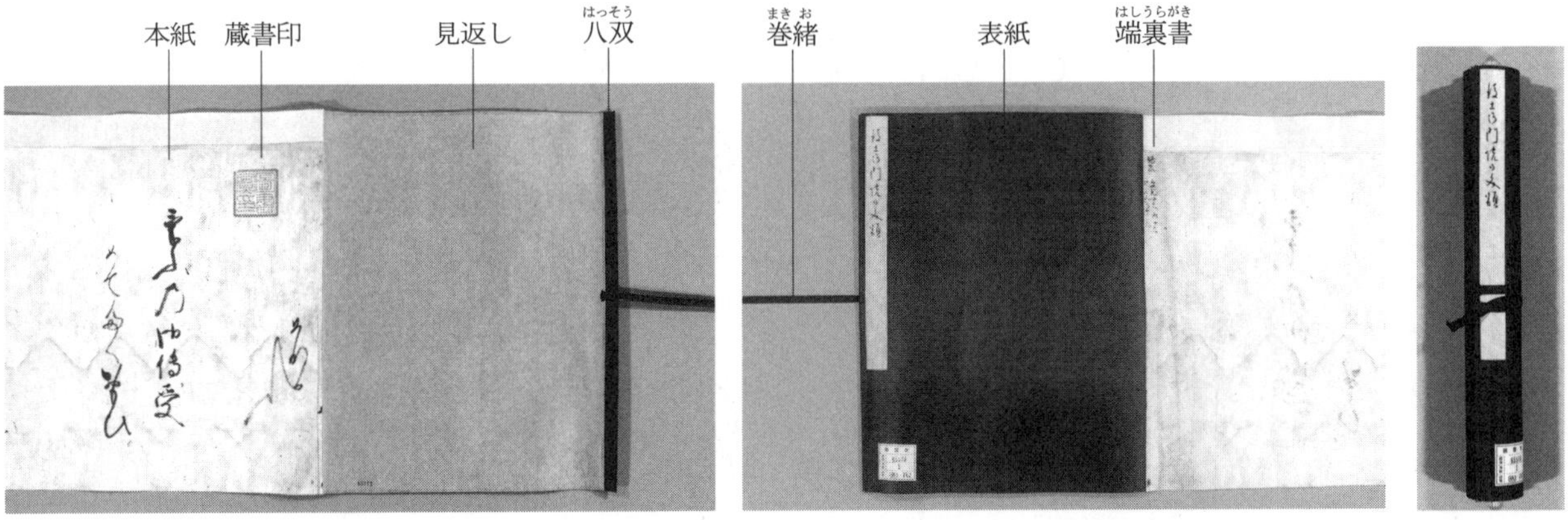

粘葉装

折目の糊付部分

列帖装

（宮内庁三の丸尚蔵館蔵）

袋綴じ

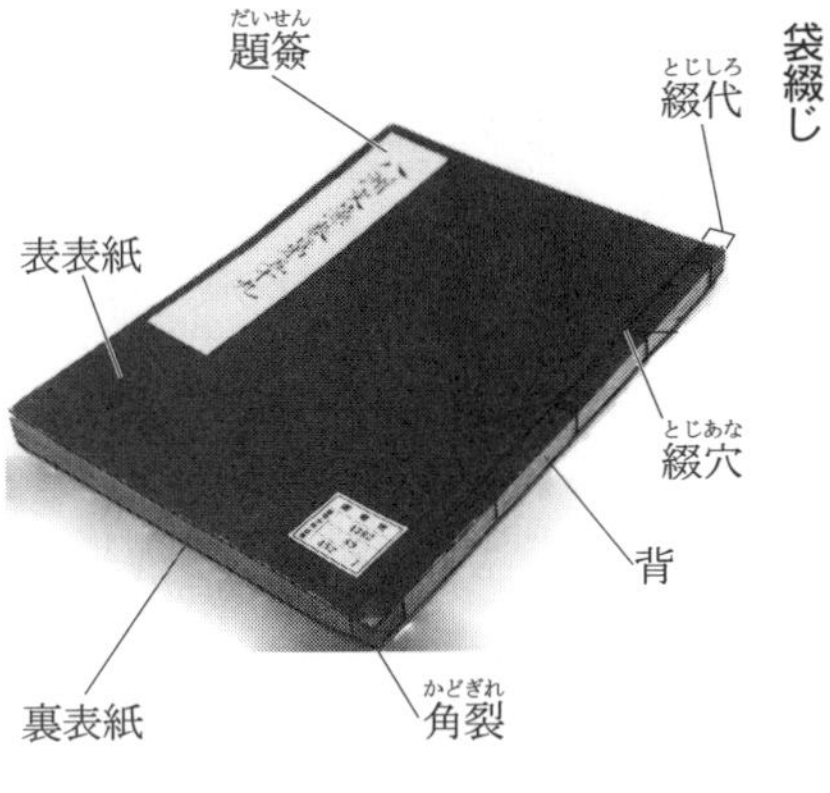

第六回『枕草子』

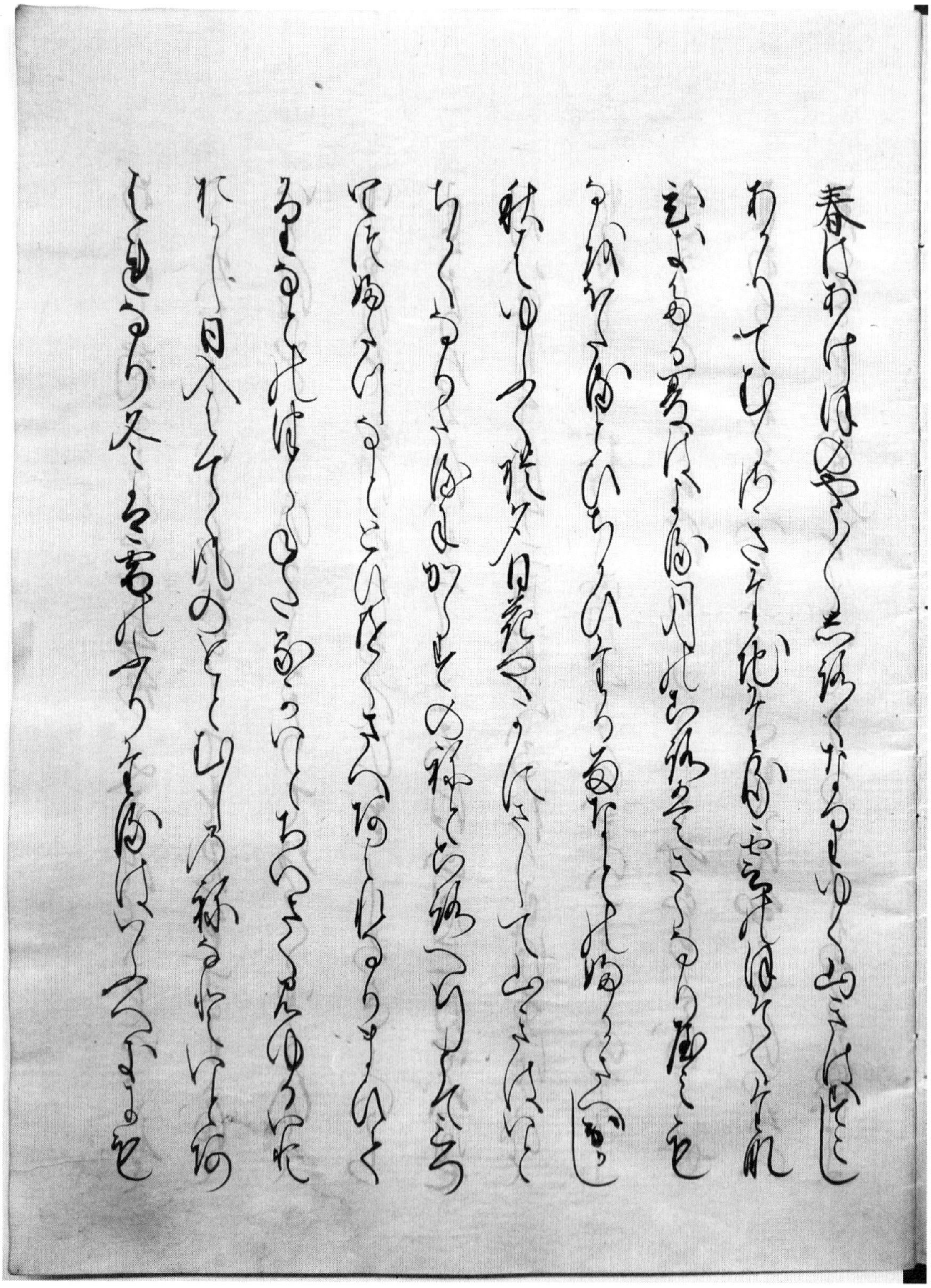

東洋大学附属図書館蔵『清少納言』冒頭（写本）

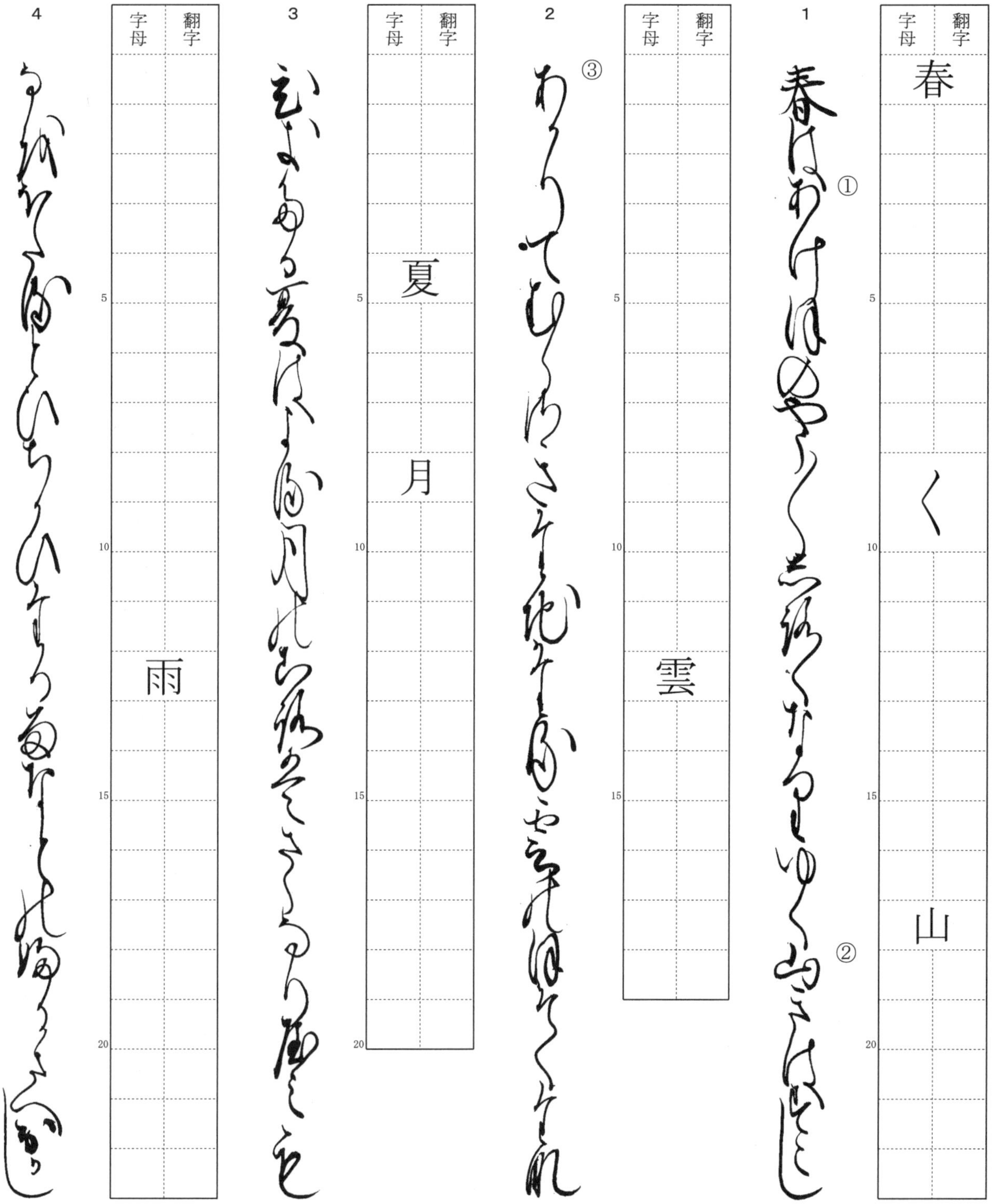

【作品】
〔成立〕跋文《ばつぶん》（後書きのような文章）の記述から、長徳《ちょうとく》二年（九九六）にはすでに一部分が執筆されていたものと考えられる。〔作者〕清少納言。一条天皇中宮定子に仕えた女房、歌人。〔その他〕世間一般的には随筆と呼ばれるが、実際には歌語集的な性質や女房日記的な性質なども備えており、説明として正確とは言い難い。この写本は慶安刊本の写しと考えられる。慶安刊本は慶安二年（一六四九）刊行された製版本で、本文の系統は能因《のういん》本系統と呼ばれる。『枕草子』の古活字本や江戸時代の注釈書も能因本系統であり、かつてはこの本文が広く読まれていた。現在の教科書・一般書等には三巻本という異なる系統の本文が採用されることがほとんどである。

【解説】
　前述のように『枕草子』には複数の系統の本文があるが、どの系統の本文もこの「春はあけぼの」の段を冒頭にもつ。後続する記事の配列と本文は各系統で異なっている。和歌・漢詩文の伝統的知識を駆使した文章であることが指摘されている。

【語釈】
①「あけぼの」は空がほのぼのと明け始めようとする頃。
②「山ぎは」は、空の、山の稜線に

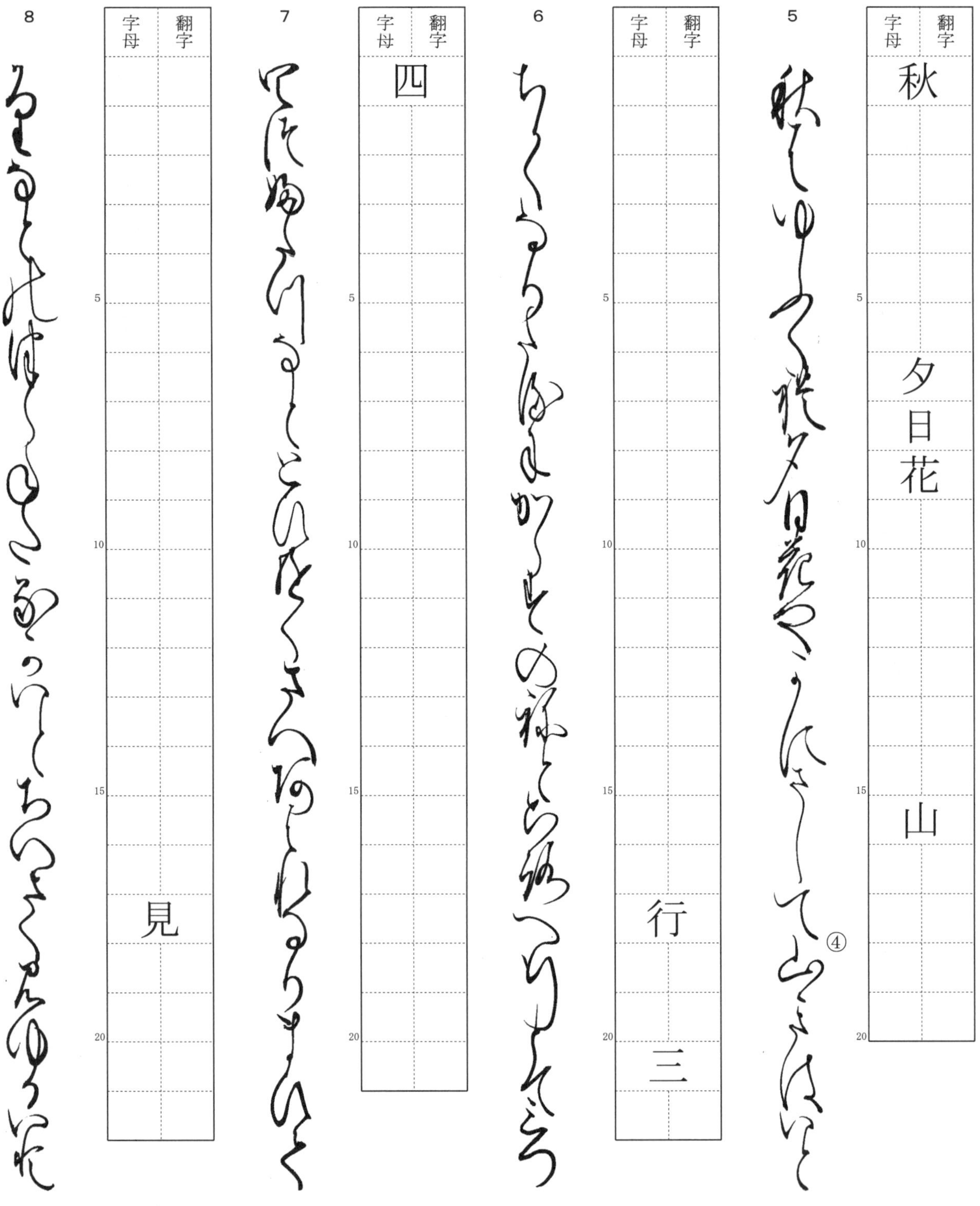

接する部分。

③「あかりて」は「赤りて」と「明かりて」の両方の意味をもつかとされる。

④三巻本では「山の端《は》」とある。

⑤諸本「冬はつとめて」とある（「つとめて」は早朝の意）。古活字本、慶安刊本、江戸時代の注釈書など「つとめて」のない本もある。

【現代語訳】

春はあけぼの。だんだんと白くなっていく山ぎわの空が、少し赤みを帯び明るくなって、紫がかっている雲が細くたなびいているの。夏は夜。月の明るい頃は言うまでもない。闇もやはりよい。蛍が飛び交っているの。雨などが降るのまでおもしろい。秋は夕暮れ。夕日がはなやかにさして、山ぎわにぐっと近づいている時に、烏がねぐらへ行くといって、三つ四つ二つなどと、飛んでいくのまでしみじみとした情趣がある。まして雁などの列を作っているのが、たいそう小さく見えるのはとてもおもしろい。日が沈みきって、（聞こえてくる）風の音、虫の音《ね》などは、たいそうしみじみとした感じがする。冬は、雪が降っているのは言うまでもない。

【参考文献】

◎小森潔・三田村雅子「枕草子」石原昭平他企画編集、岩佐美代子他

編集委員『日記文学事典』勉誠出版、二〇〇〇年
◎枕草子研究会編『枕草子大事典』勉誠出版、二〇〇一年

翻字	字母
日入 風	

9

翻字	字母
冬 雪	

10

⑤

コラム◆巻子の料紙の継ぎ方

別コラム（23頁参照）で、『土左日記』紀貫之自筆本は、二十六枚の紙をつないだ巻子本であることを紹介した。ここでは巻子本の料紙の継ぎ方について触れてみたい。

展覧会などに行くと、「（巻子本は）紙をつないでから書いたのですか、それとも書いてからつないだのですか」と聞かれることがある。まず言えることは、写経はたいていつないでから書いている。これまでの研究では、東大寺正倉院に伝来してきた「正倉院文書」の中に、「継」（糊で料紙を貼り継ぐ）・「打」（打紙加工を行う）・「界」（縦横の界線を引く）という記述があり、これが写経の際の工程とされている。また、紙数は、奈良時代の写経では二十枚を標準としていたようである。

歌集や絵巻は一概には言えず、現物をしっかり観察することが求められる。紙の継ぎ目をまたいで字が書かれている場合や、界線あるいは押界（41頁参照）が継ぎ目をまたいで引かれている場合は、継がれてから書かれたと考えられる。中には裏や端に紙数の順番が書かれているものもあり、この場合は糊付け順を間違えないように紙数の順番を記したと思われるため、書写された後で継がれたと考えられよう。しかしながら、紙数は最初に成巻した際に付けられたものではなく、後世になって修復のために解体された際に付けられた可能性もあり、本文や紙数の筆跡、墨色などを比較検討するなど、慎重に判断することが必要である。

紙の継ぎ方は、右側（巻首側）を上とすること（右手前）が基本だが、契約状の一種である「起請文《きしょうもん》」は、契約を破ると神仏の罰が下るとした文言を記すもので、末尾に牛王宝印《ごおうほういん》のような護符を上にするよう貼るため（神仏を崇拝する意識）、必ず左側の料紙が上になっている。そのためもあって、左手前に継ぐことは凶事とされている。

◆やってみよう③　『平中物語』

・個人蔵『平中物語』（近代書写本）を翻字してみよう。

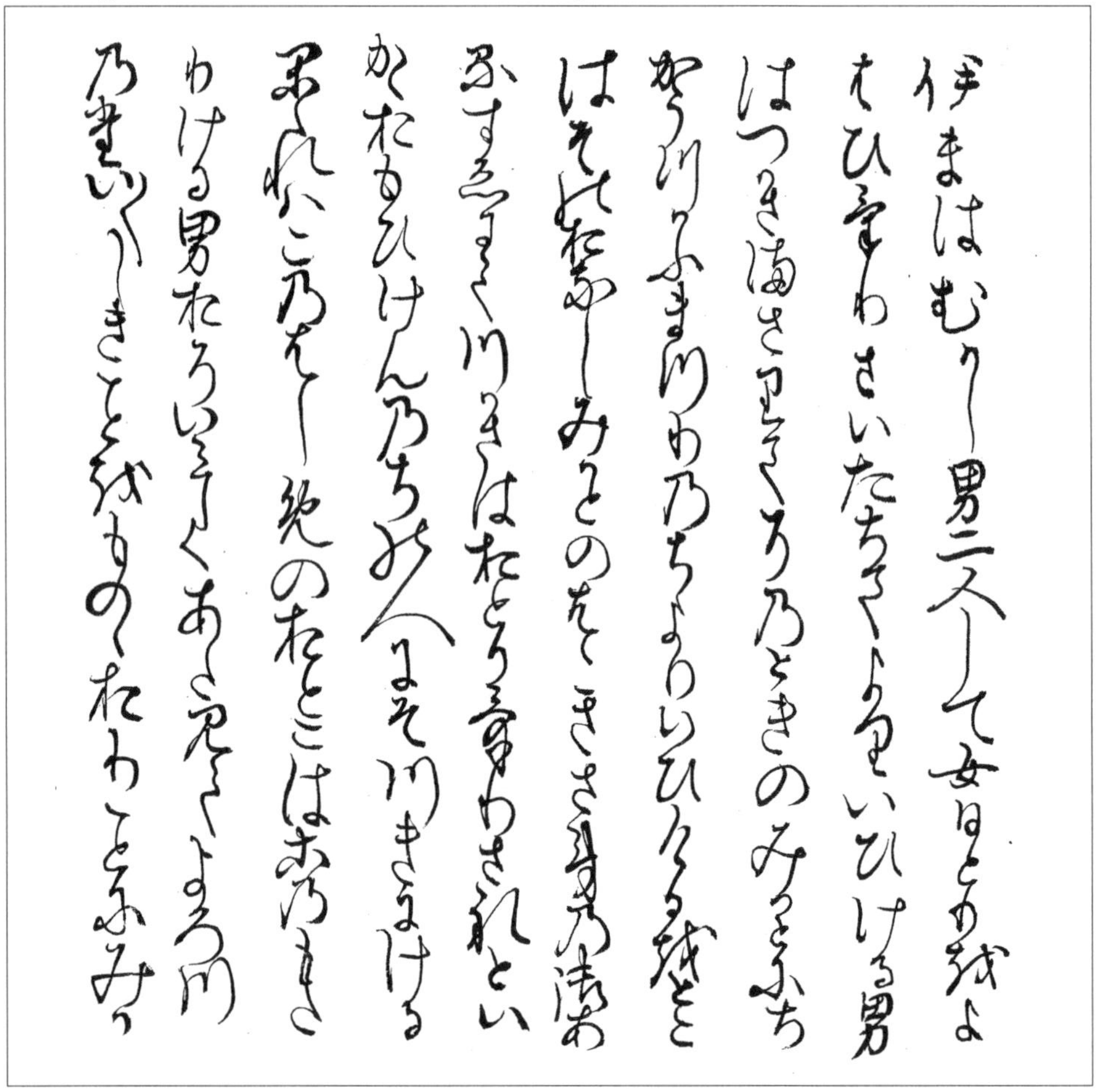

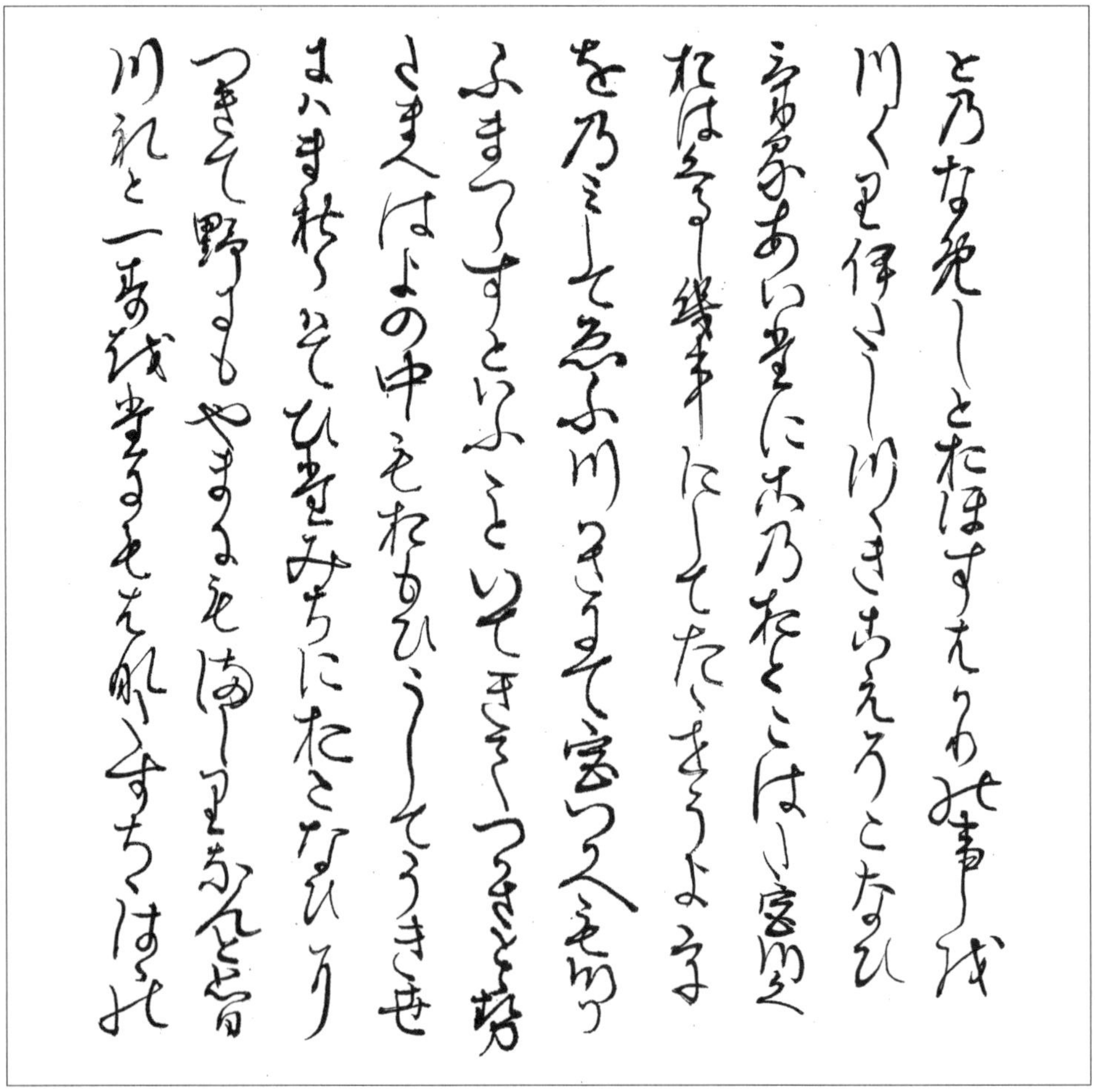

解答↓76〜77頁

男二人女

男

御

人

男

く

事

宮

事

宮

中世

野思

一

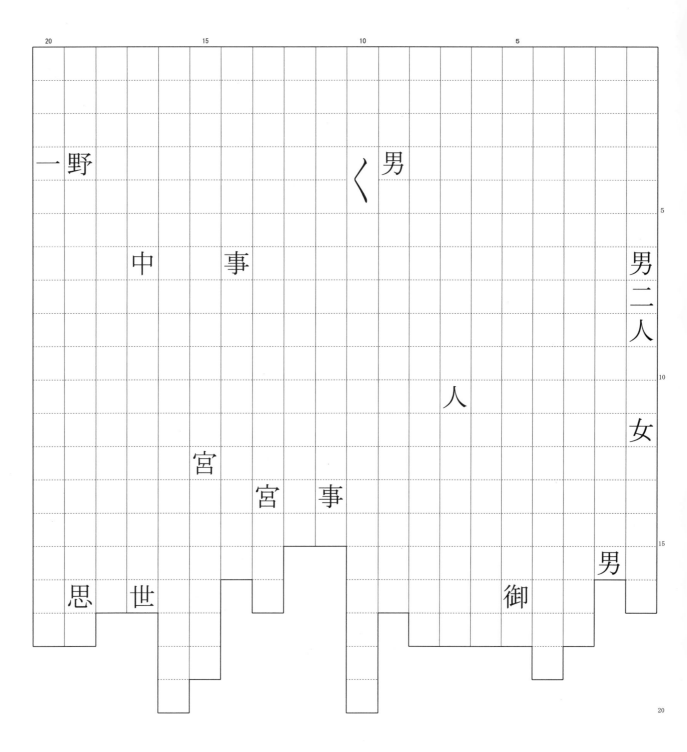

第七回　『源氏物語』

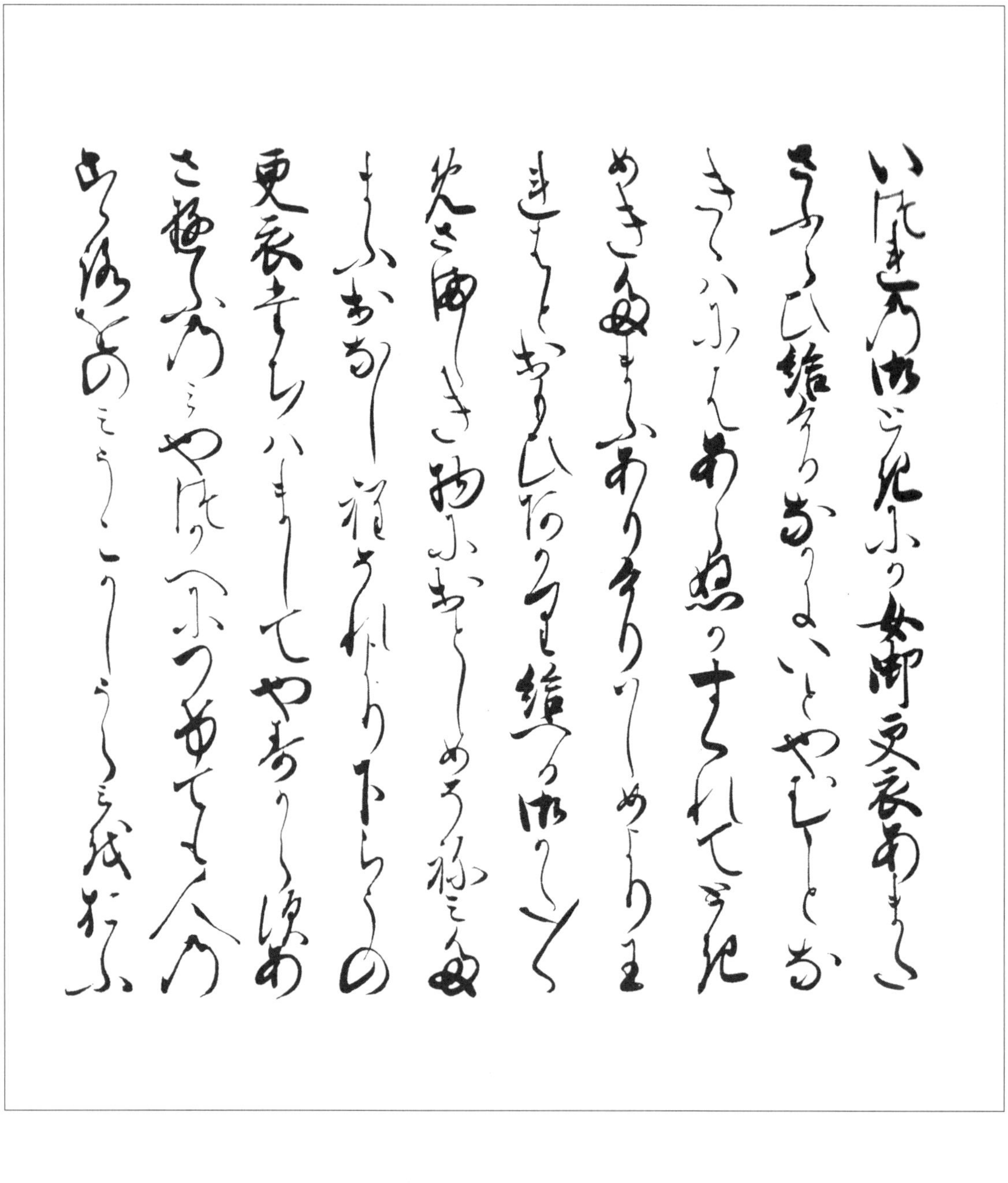
いつれの御時にか女御更衣あまた
さふらひ給ひけるなかにいとやむことな
きゝはにはあらぬかすくれてとき
めき給ふありけりはしめより我は
と思ひあかり給へる御かた〳〵
めさましきものにおとしめそねみ給
ふおなしほとそれより下らうの
更衣たちはましてやすからす朝
夕の宮つかへにつけても人の
心をのみうこかしうらみをおふ

宮内庁書陵部蔵『源氏物語』「きりつほ」冒頭（写本）

翻字　御
字母

女御更衣

2
翻字　給
字母

3
翻字
字母

4
翻字
字母

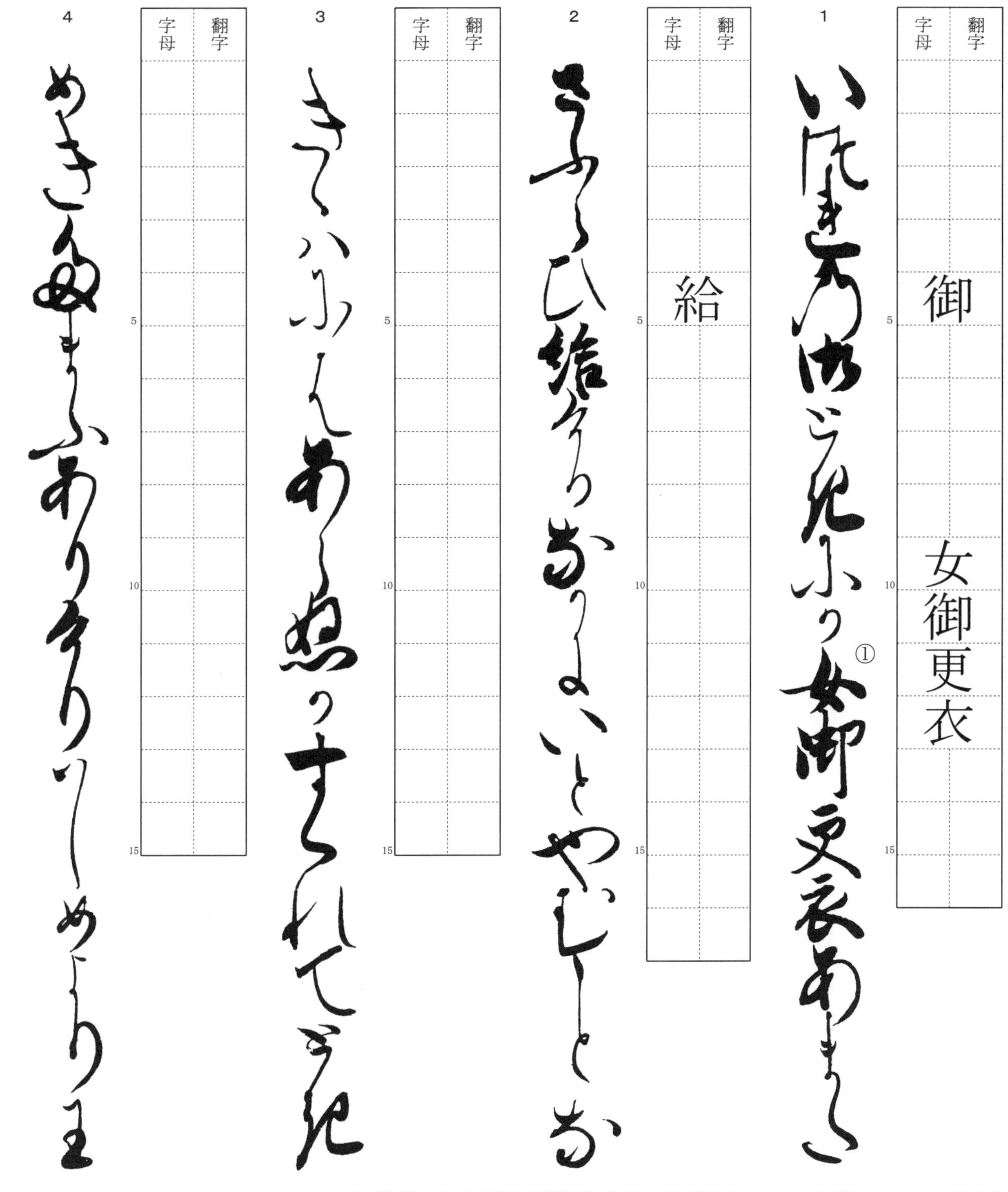

【作品】
【成立】『紫式部日記』の記述により、寛弘五年（一〇〇八）頃には、「若紫」巻、あるいは紫上の物語が部分的にでも成立していたものと推定されている。【作者】紫式部。ただし、『紫式部日記』には、当日記の筆者が「源氏の物語」の作者であると周囲に認識されていたことが書かれているが、実際に執筆した分量や関わった程度までがわかるということではない。また、物語というものの性質上、『源氏物語』の写本に作者の名前が記されることもない。【その他】『源氏物語』にもさまざまな種類の本文があり、これはいわゆる青表紙本系と呼ばれる系統の本文である。この本を校閲した三条西実隆は室町時代後期の歌人・歌学者。三条西家の学の基盤を築き、古典籍研究などに関する膨大な著作を残した。古典籍の書写・校訂にも多く携わった。

【解説】

光源氏の誕生から元服までを描く「桐壺」巻の冒頭部分。帝の寵愛を一身に集めた桐壺更衣は美しい皇子を産むが、弘徽殿女御らの妬みを受けて逝去する。桐壺帝の慮りによって皇子は臣籍降下し、源氏となった。

『紫式部日記』によると、『源氏物語』は、一条天皇や、藤原道長、藤原公任などの男性貴族にも読まれて

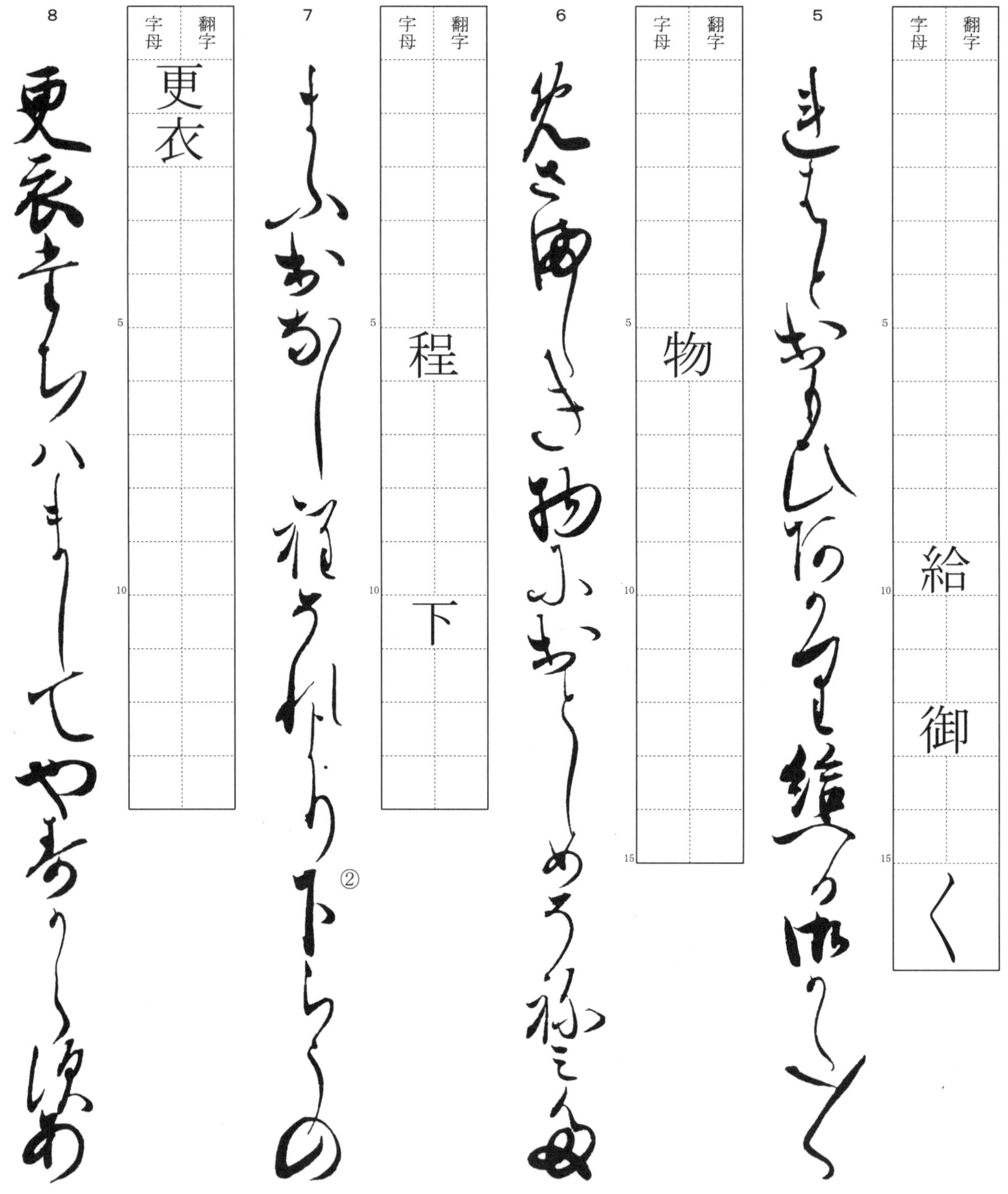

いたようである。つくり物語の本来的な社会的地位の低さから考えてもきわめて重要な記述である。『源氏物語』は後世の物語にも影響を及ぼし、とくに「宇治十帖」と薫とが後世に与えた影響は大きなものであった。十二世紀中頃以降になると、さまざまな注釈書が作られるようになった。建久《けんきゅう》四年（一一九三）に藤原《ふじわらの》俊成《しゅんぜい》《としなり》が『六百番歌合』の判詞の中で「源氏見ざる歌よみは遺恨の事なり」と述べたことが象徴するように、『源氏物語』は学問の対象となり、古典化、聖典化の道を辿ることとなった。

【語釈】

①「女御、更衣」は天皇の寝所に侍する女性の地位。皇后・中宮、女御、更衣の順に格付けられる。

②「下﨟」は身分の低い者の意。

【現代語訳】

どの帝の御代であったか、女御や更衣が大勢お仕えしていらっしゃった中に、それほど尊い身分ではないお方で、とりわけ帝のご寵愛をお受けであるお方がいた。宮仕えの初めから我こそはと自負なさっていた女御の方々は、このお方を目ざわりな者だと蔑んだり嫉妬したりなさる。（このお方と）同じ身分、あるいはそれよりも低い身分の更衣たちはまして心穏やかでない。朝夕の宮仕えにつけても、そうした人々の心をか

9

翻字 人

字母

10

翻字

字母

き乱すばかりで、恨みを受けることが（積もり積もったためだったのだろうか、ひどく病気がちになってい き……）

【参考文献】

◎中野幸一訳『正訳源氏物語 本文対照』勉誠出版、二〇一五～二〇一七年

・柳井滋・室伏信助・大朝雄二・鈴木日出男・藤井貞和・今西祐一郎校注、今井久代・陣野英則・松岡智之・田村隆編集協力『源氏物語』岩波文庫、二〇一七年～刊行中

コラム◆日記

本書で取り上げた『土左日記』や『更級日記』などは文学作品として扱われるのが一般的であるが、公家や役人を中心に記された、歴史史料として扱われる日記も多く伝存する。文体は漢文体で書かれることが普通であった。ここではそうした日記を、主要な執筆方法から分類する。

一．日次記《ひなみき》…日々起こった出来事や見聞を記す。白紙や紙の裏を再利用して記す他、暦（具注暦《ぐちゅうれき》）に書き込んだものもある。

二．別記《べっき》…一つの出来事のみの顛末を記した、短期間の独立した内容を持つ日次記。

三．部類記《ぶるいき》…特定の内容に関する記事のみをまとめたもの。例えば御即位や御譲位関係、元服や改元関係などを、単一の日記、あるいは複数の日記から該当する内容を選び出し、編集したもの。

また、日記の名称については、記主の姓名（称号・諡号《しごう》）・官職に由来するものが多く（大江匡房《おおえのまさふさ》の『江記《ごうき》』、藤原宗忠《ふじわらのむねただ》の『中右記《ちゅうゆうき》』〔称号が中御門右大臣《なかみかどうだいじん》〕、藤原忠平《ふじわらのただひら》の『貞信公記《ていしんこうき》』〔諡号が貞信公〕、権大納言藤原行成《ごんだいなごんふじわらのゆきなり》の『権記《ごんき》』など。平信範《たいらののぶのり》の日記は、「信範」の部首から『人車記《じんしゃき》』とも、兵部卿であったことから『兵範記《へいはんき》』とも呼ばれる）、他に記主の子孫による尊称（藤原忠実《ふじわらのただざね》の『殿暦《でんりゃく》』、藤原《ふじわらの》〔九条《くじょう》〕兼実《かねざね》の『玉葉《ぎょくよう》』『玉海《ぎょくかい》』〔九条家から分かれた二条家での呼称〕）、自身の日記に付した名（貞成親王《さだふさしんのう》の『看聞日記《かんもんにっき》』）、年時に由来（鷲尾隆康《わしのおたかやす》の『二水記《にすいき》』〔記事の書き始めにあたる永正《えいしょう》年間の「永」を「二」と「水」に分解〕）などがある。公家の日記は当時の人々にとって先例を知る上でも貴重な史料であり、多くの日記が大切に伝えられ、必要に応じて書写されていった。

第八回　『更級日記』

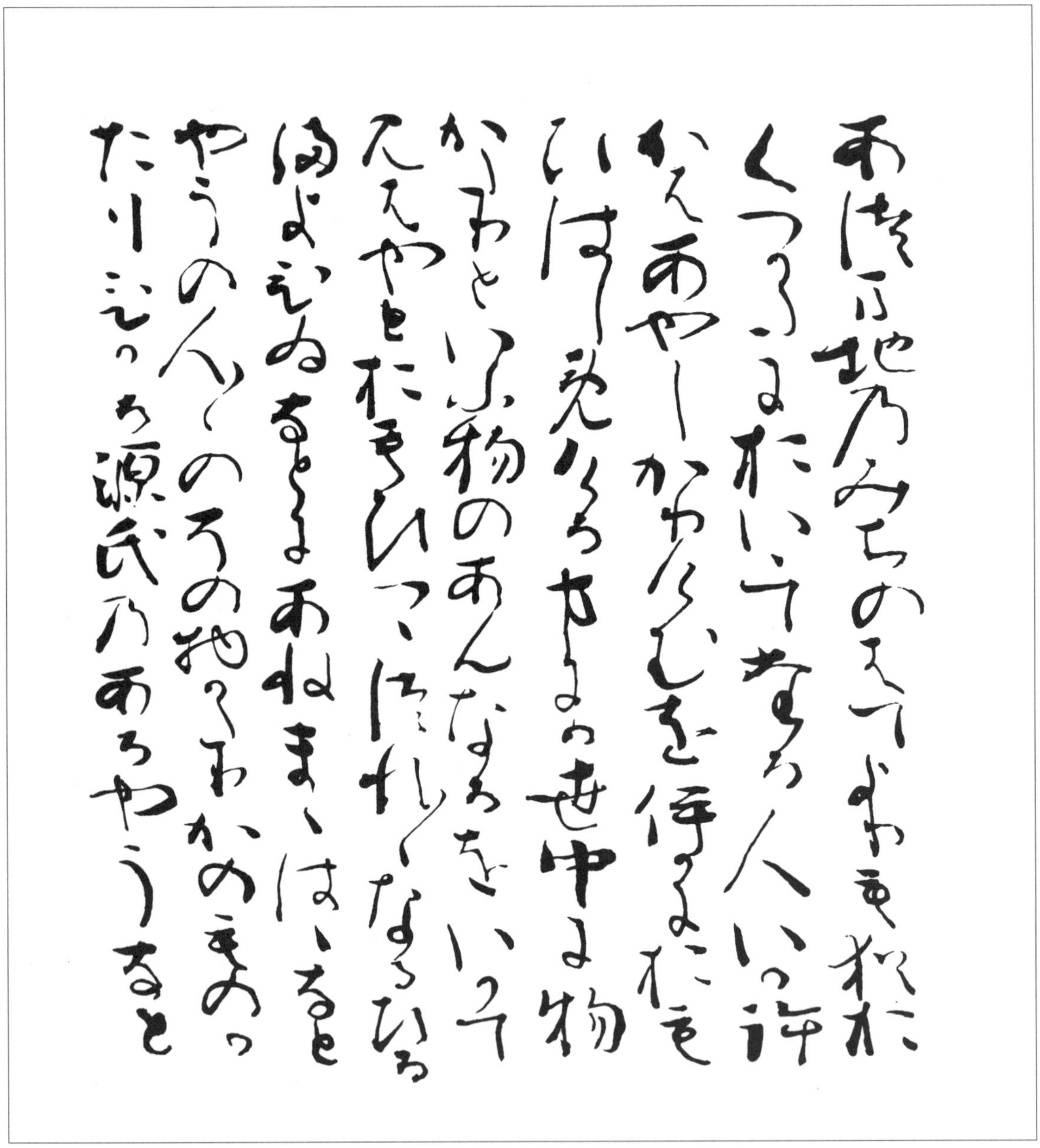
あつまちのみちのはてよりも猶お
くつかたにおひいてたる人いか許
かはあやしかりけむをいかにおも
ひはしめける事にか世中に物
かたりといふ物のあんなるをいかて
みはやと思ひつゝつれ〳〵なる
ひるまよひゐなとにあねまゝはゝなと
やうの人〳〵のその物かたりかの物か
たりひかる源氏のあるやうなと

宮内庁三の丸尚蔵館蔵『更級日記』冒頭（写本）

1

翻字	字母
猶	

2

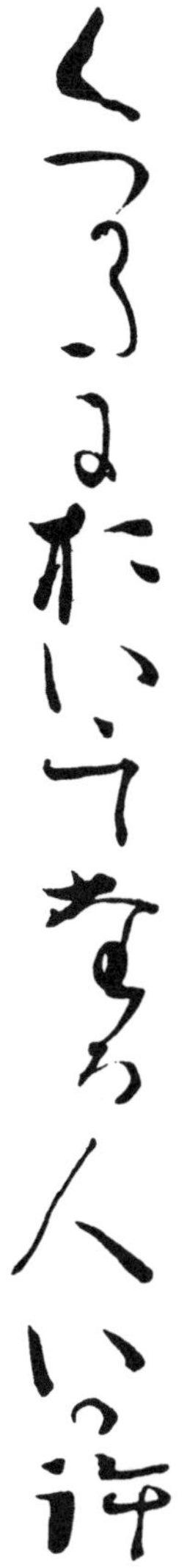

翻字	字母
人	
許	

3

翻字	字母
事	
世	
中	
物	

4

【作品】

【成立】康平《こうへい》元年（一〇五八）の夫・橘俊通の死、またその後に詠まれた和歌の記事などから、孝標女の晩年にまとめられたものと考えられている。

【作者】菅原孝標女。『蜻蛉日記』の作者藤原道綱母の姪にあたる。後朱雀天皇皇女祐子内親王に出仕した。

【その他】藤原定家が書写した本である。現存する伝本はすべてこの定家筆本を祖本とする。巻末の奥書には孝標女が『浜松中納言物語』『夜の寝覚』などの物語の作者であることが記されている。定家の個性的な書風は後世「定家様《ていかよう》」と呼ばれ愛好された。

【解説】

『更級日記』という書名は、孝標女の歌「月も出でで闇にくれたる姨《をば》捨《すて》になにとて今宵たづね来つらむ」が、『古今和歌集』の「わが心慰めかねつ更級や姨捨山に照る月を見て」をふまえていることによる。この日記には孝標女が少女時代に『源氏物語』を愛読したことが記されており、『源氏物語』からの強い影響が見て取れる。冒頭部分では、物語、とりわけ『源氏物語』への強い憧れが述べられる。ただし、物語作家となった自身についての、日記内での直接的な言及はない。

【語釈】

①「あづま路の道の果て」は常陸国。

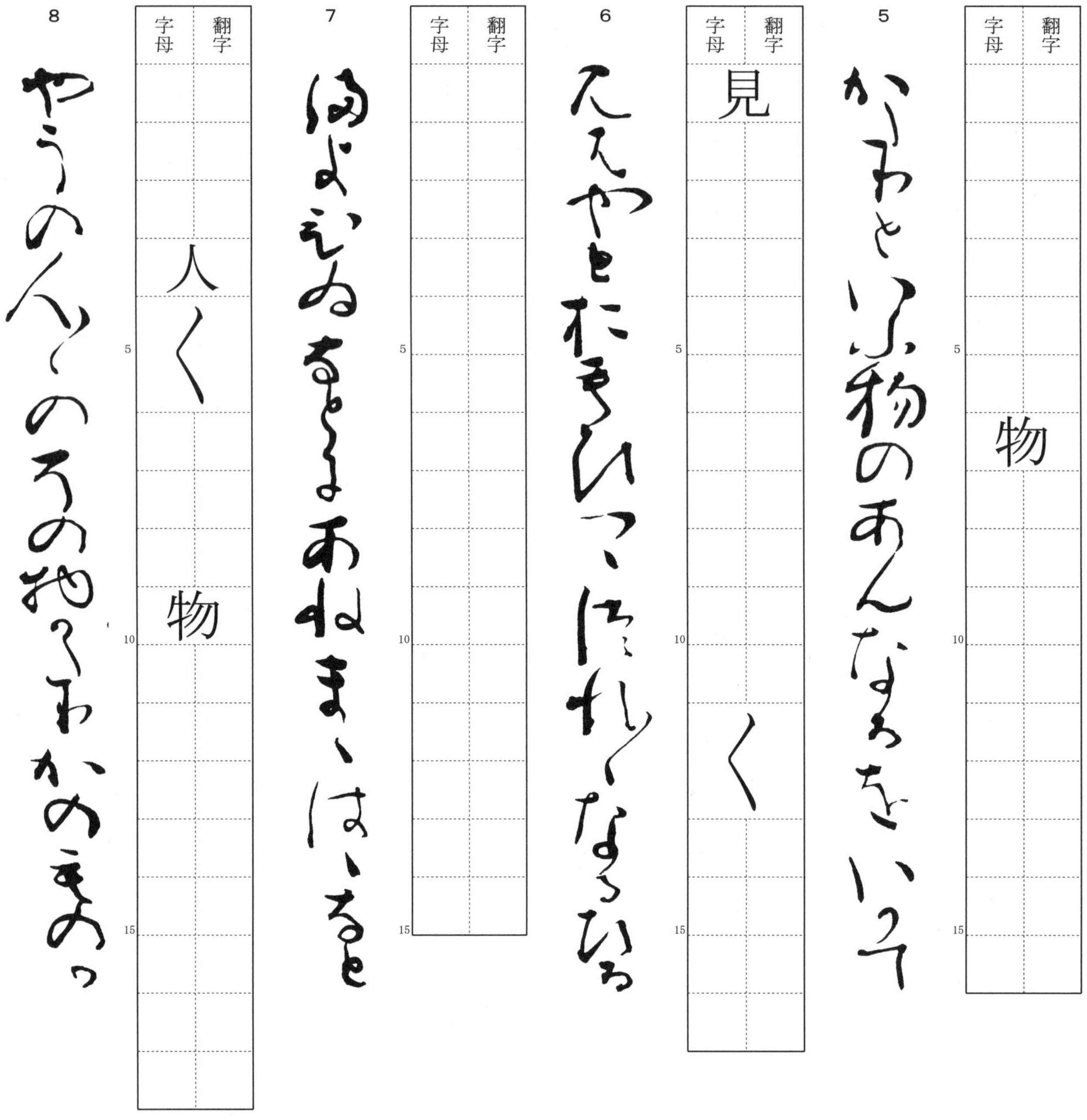

「あづま路」は東海道のこと。『古今和歌六帖』の紀友則の歌「あづま路の道のはてなる常陸《ひたち》帯《おび》のかごとばかりもあひ見てしがな」による。

【現代語訳】

東海道の果てである常陸、それよりもなお奥の方（上総）で成長した人である私は、どんなにか田舎じみていただろうに、どうしてそう思い始めたのだろうか、世の中に物語というものがあるそうだが、なんとかして読みたいものだと思いながら、することがなく退屈な昼間や宵の時間などに、姉や継母などといった人々が、その物語やあの物語、光源氏の有り様などを（ところどころ語るのを聞くにつけても、ますます知りたい気持ちが高まるけれど……）

【参考文献】

◎原岡文子訳注『更級日記』角川ソフィア文庫、二〇〇三年
・福家俊幸『更級日記全注釈』KADOKAWA、二〇一五年

9

翻字	字母
源氏	

コラム◆『更級日記』の錯簡

『更級日記』伝本の記録の上での初見は、安土桃山時代から江戸時代前期にかけての臨済宗の僧、鳳林承章《ほうりんじょうしょう》（一五九三〜一六六八）の日記『隔蓂《かくめい》記《き》』寛永《かんえい》二十年（一六四三）八月十三日条である。後水尾天皇（第百八代一五九六〜一六八〇　御在位一六一一〜一六二九）に召された折、棚の上の飾り物に「定家卿筆更級日記」があったことが記されており、この「更級日記」が掲載の定家筆本と考えられている。藤原定家が書写した後の伝来の経緯は明らかでないが、右の記事から、寛永二十年には後水尾天皇のお手元に渡っていたと考えられている。

『更級日記』が広く関心を持たれるようになったのは江戸時代末期からであるが、意味の通りにくい箇所や日記に記載された東海道中の地名と実際の地名との齟齬など、読む上で不自然な点が当初から指摘されていた。その事情と原因が明らかになったのは、佐佐木信綱氏（一八七二〜一九六三）、玉井幸助氏（一八八二〜一九六九）という二人の学者が大正十三年（一九二四）に実物を見る機会を得たことがきっかけである。

この本は、本文が書かれた料紙（この場合五枚程度）を一括として縦に折り、その括を重ねて糸で綴じ、一冊に仕立てられているが、その綴じ糸が切れ各括の順序や一括の中の料紙の順序がバラバラになったものを、綴じ直す時に順序を間違えたことにより齟齬が生じたものであった。それが玉井氏によって復元されたのである。具体的には、全体で十括あるうち、佐佐木氏らの発見時は一、二、六、五、三、四、七〜十括目の順と、傍線部がもとの順番と異なった状態で重ねられており、さらに六括目の中でも五枚の料紙が、上から三、四、五、一、二枚目と、順序がバラバラに重ねられていた。現存伝本の本文のもとになった定家筆本の価値の高さから、現在も順序は直すことなく宮内庁三の丸尚蔵館に収蔵されている。

この本のような、料紙を何枚か重ねて折り、それを数括重ねて糸で綴じた装訂は列帖装《れつじょうそう》、あるいは綴葉装《てっちょうそう》と呼ばれており（23頁参照）、定家筆本のように、順序を間違えて綴じてしまうことを**錯簡**《さっかん》と言う。今日は文学作品の活字化も進み、多くの作品の鑑賞が容易となったが、正しい本文の理解のためには、このように現物にあたり、そこから得られる情報を正確に読み取ることが大切なのである。

【参考文献】

橋本不美男「解題」『更級日記 御物』笠間書院、一九七一年
橋本不美男『原典をめざして 古典文学のための書誌』笠間書院、一九七四年

第九回　『方丈記』

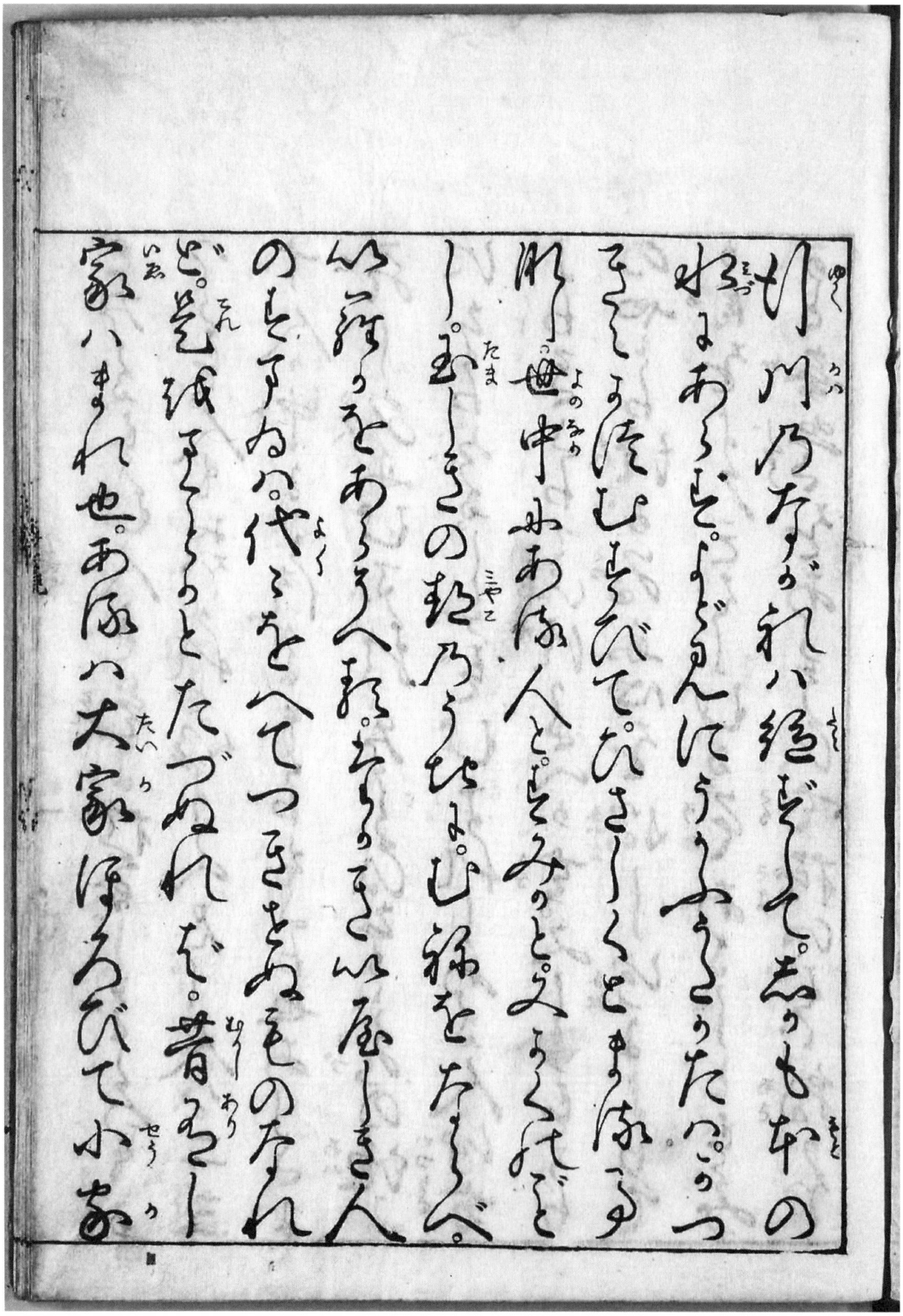

行《ゆく》川《かは》乃ながれハ絶《たえ》ずして。しかも本《もと》の
水《みづ》にあらず。よどみにうかぶうたかたハ。かつ
きえかつむすびて。ひさしくとまる
例なし。世中《よのなか》にある人とすみかと。又かくのごとし。
玉《たま》しきの都《みやこ》乃うちに。棟をならべ。
甍をあらそへる。たかきいやしき人
のすまゐハ。代《よゝ》をへてつきせぬ物なれ
ど。是《これ》をまことかと尋《たづ》ぬれバ。昔《むかし》ありし
家《いへ》ハまれ也。或《あるい》ハ大家《たいか》ほろびて小家《せうか》

国立国会図書館蔵『方丈記』冒頭（整版本）

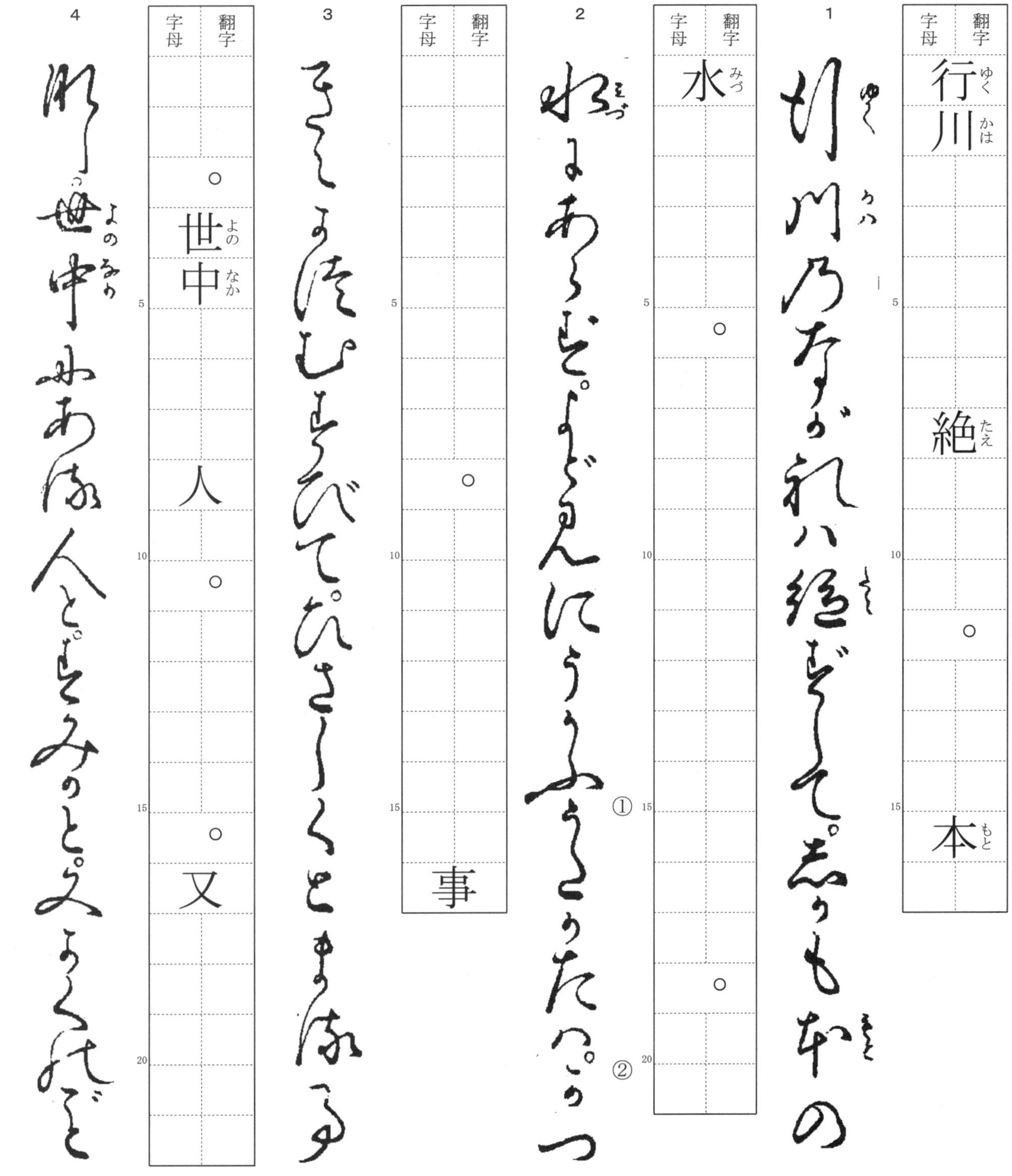

翻字：行《ゆく》川《かは》　絶《たえ》　○　本《もと》
字母：

1

翻字：水《みづ》　○　○
字母：

2

翻字：○　事
字母：

3

翻字：○　世《よの》中《なか》　人　○　○　又
字母：

4

【作品】

〔**成立**〕鎌倉時代。建暦《けんりゃく》二年（一二一二）。〔**作者**〕蓮胤《れんいん》（鴨長明《かものちょうめい》）。

〔**その他**〕一般に『方丈記』は鴨長明が著した随筆とされている。だが、寛元《かんげん》二年（一二四四）に書写された大福光寺《だいふくこうじ》本の奥書（奥書については63頁参照）に「于時建暦ノフタトセヤヨヒノツコモリコロ、桑門ノ蓮胤トヤマノイホリニシテコレヲシルス」とあることから、「桑門ノ蓮胤」（長明の法名）が仏者としての強い意識を持って著した書であること、『維《ゆい》摩経《まきょう》』に強い影響を受けた作品構成となっていることが指摘されている。『方丈記』を随筆とする考え方は改めなくてはならないようである。

【解説】

「行川のながれ」「よどみにうかふうたかた」のように「人」「すみか」も無常であると説く。作品を通して語られる「無常観」が端的に示されている。

【語釈】

①「うたかた」は水面に浮かんでいる泡のこと。はかないものの例えにされることが多い。

②「かつ」は副詞。次から次へとの意。水泡が消えては現れ、消えては現れする様子を描いている。『維摩経』巻上「方便品《ほうべんぼん》」には、人の身の無常を説いた十の喩《たと》えがあり、ここ

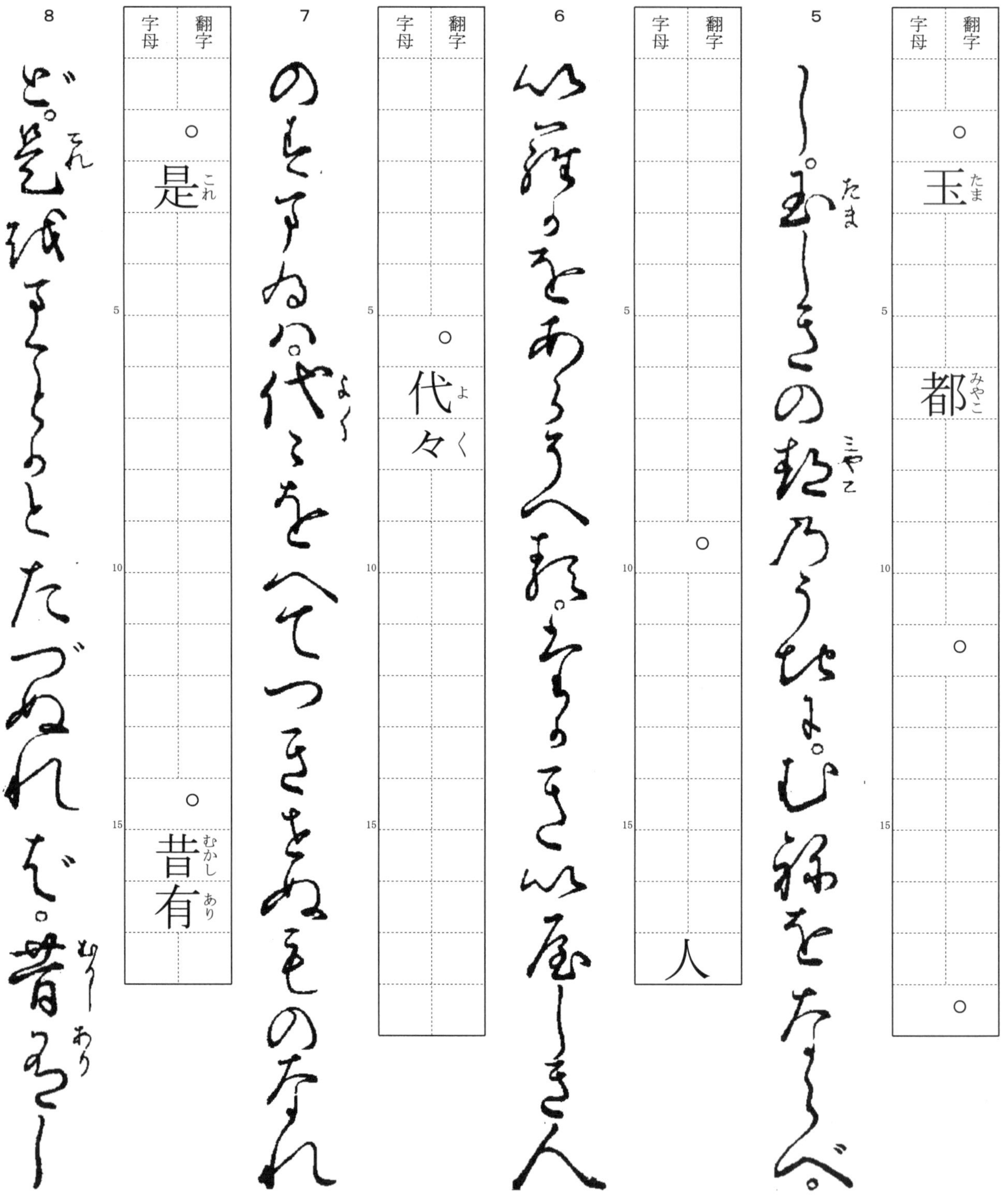

もその影響を受けているという指摘がある（加藤磐斎『方丈記抄』）。

【現代語訳】

行く川の流れは絶えることはないけれども、（その水は常に変わっていて、）元の水であることはない。水がよどんでいるところに浮かぶ泡は、消えたかと思うとまた浮かび出てきて、そのままの形で長く留まっていることはない。この世の中の人間とその住居も、これらと同じように同じ状態ではいられないのである。美しい都の中に、高い棟《むね》と（立派な）瓦を葺《ふ》いた屋根を持つ家を競って建てている、身分の高い人や低い人の住居は、何世代たっても尽きないものだけれども、この状況が（変わらない）真実（の姿）なのかと調べてみると、昔あった家はほとんどない。あるいは大きな家がなくなって小さな家（となっていて……）

【参考文献】

・簗瀬一雄『方丈記全注釈』角川書店、一九七一年
◎浅見和彦校訂・訳『方丈記』ちくま学芸文庫、二〇一一年
・今成元昭『今成元昭仏教文学論纂第一巻　仏教文学総論』法蔵館、二〇一五年
・木下華子『鴨長明研究　表現の基層へ』勉誠出版、二〇一五年

9

字母	翻字
家	いゑ
也	。
大家	たいか
小家	せうか

家《いゑ》也。大家《たいか》小家《せうか》

コラム◆書写の方法

本書に掲載の写本は、いずれも一行あたりが曲がることなく、真っ直ぐに書かれており、見事な書きぶりであることが見て取れる。このように整然と書写するために用いる主な道具や技法を、図版を交えながら以下に紹介しよう。

①下敷き…書写する料紙に合わせて行数や高さを配分した線を引いた下敷きを制作し、料紙の下に置いてその上から書写する。一行あたりの間隔も均等かつまっすぐとなり、高さも揃う。正倉院宝物には写経用に用いたと思われる、一行あたり十七文字に配分した下敷きも現存する。また、同様の型紙や、一行を均等に配分してその幅に合わせて糸を張った枠を制作し、料紙の上に置いて書写する方法もある（上段図版）。この方法は、下敷きでは墨線が透けて見えない厚めの料紙の場合に用いられる。

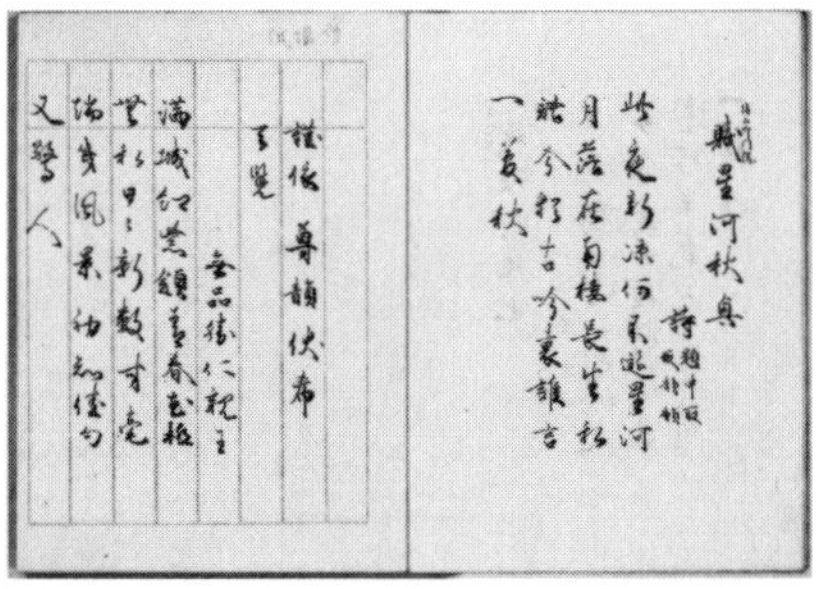

左の丁に下敷きが見られる

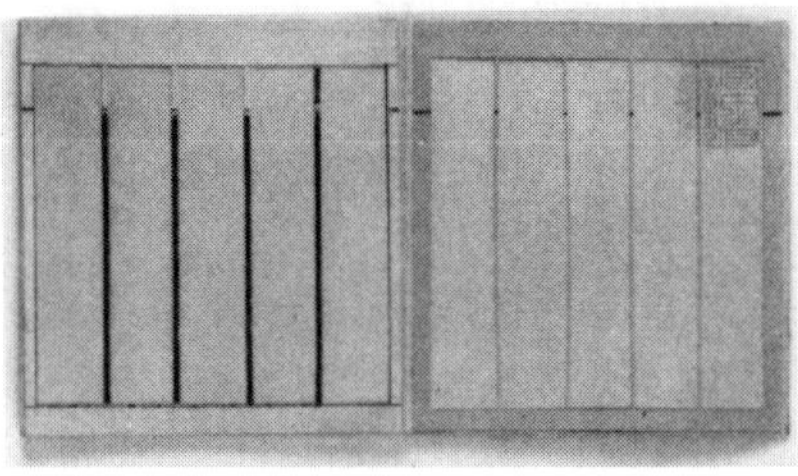

行・高さを整えるための紙製枠

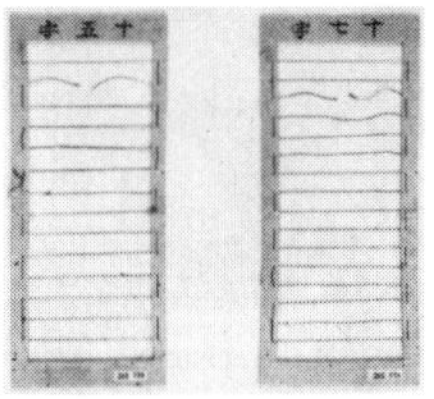

横方向の文字列を整えるための紙製枠（糸罫）

（本頁図版はいずれも宮内庁書陵部蔵）

②針目安《はりめやす》（針見当）…下敷きでは墨線が透けて見えない厚めの料紙の場合、行頭および行末に針で小さな穴を開け、その針穴を目印に書写することもある。穴が小さいため、料紙を傷めるといった影響は及ぼさない。また、縦横に線を引く場合も目印として針穴を開けることもある。

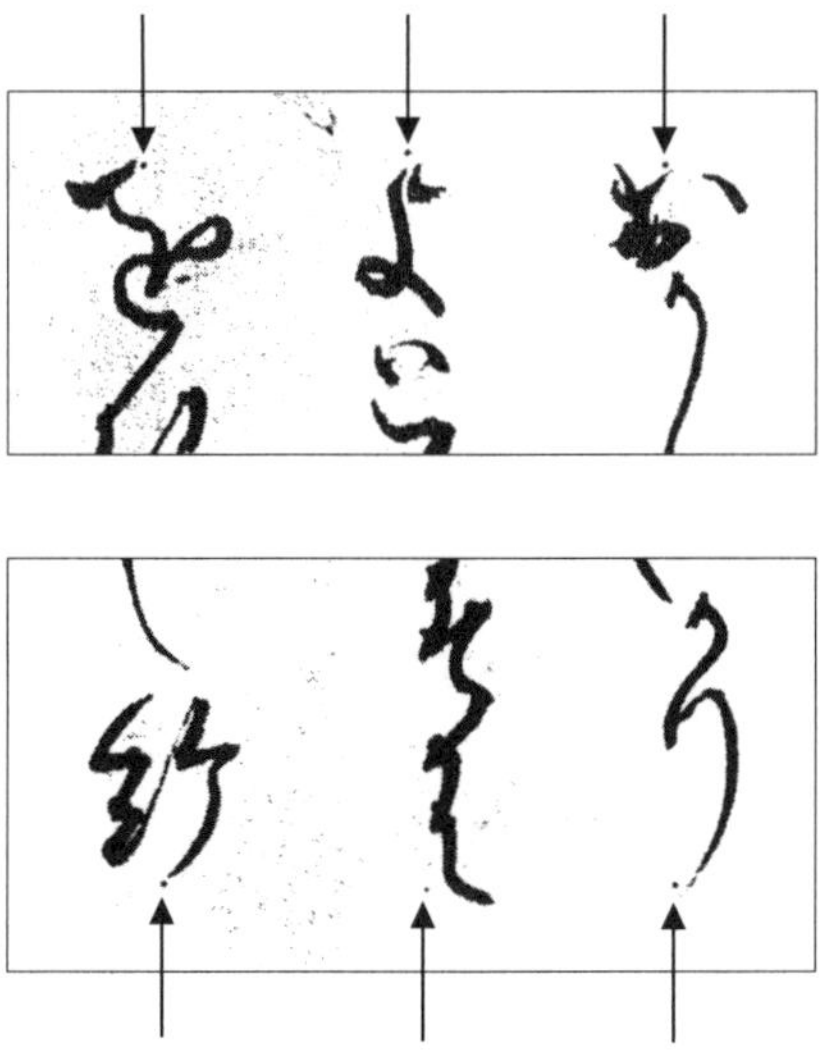

針目安の例

③押界《おしかい》…墨で線を引く代わりに、ヘラで料紙に線を押しつけて引く。

◆やってみよう④『一寸法師』

・国立国会図書館蔵『一寸法師』（『御伽草子』第十九冊）のルビ以外の変体がなを翻字してみよう。

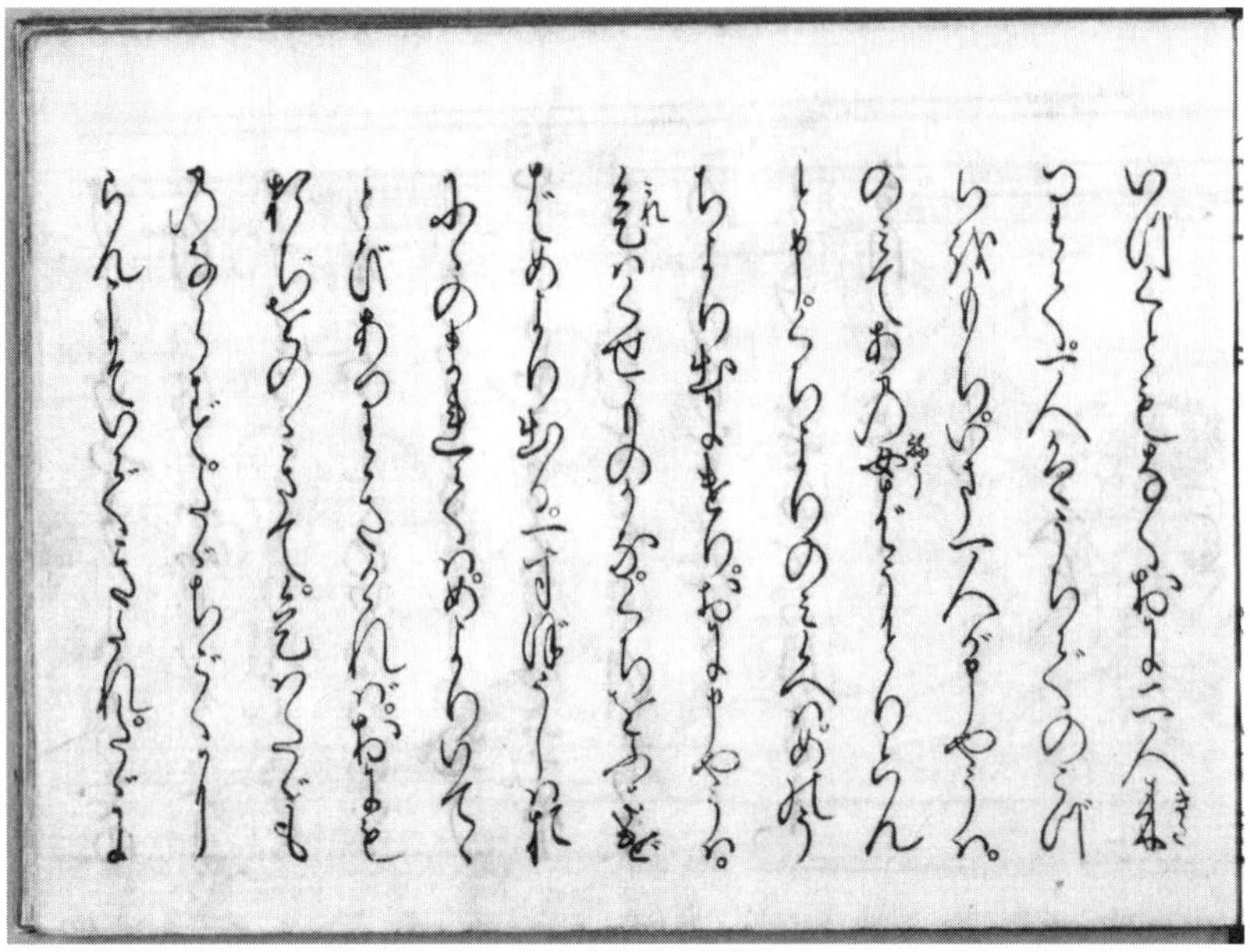

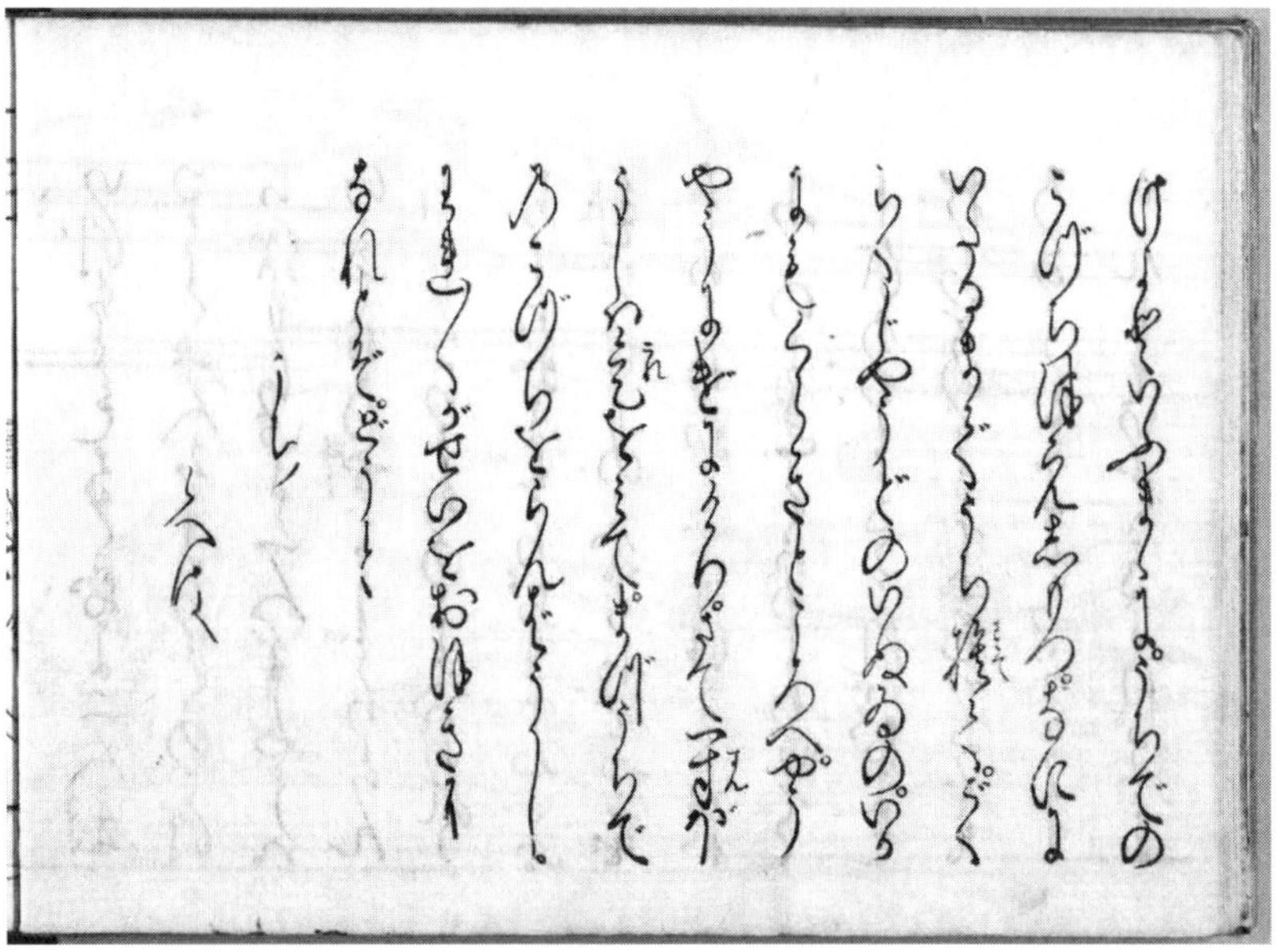

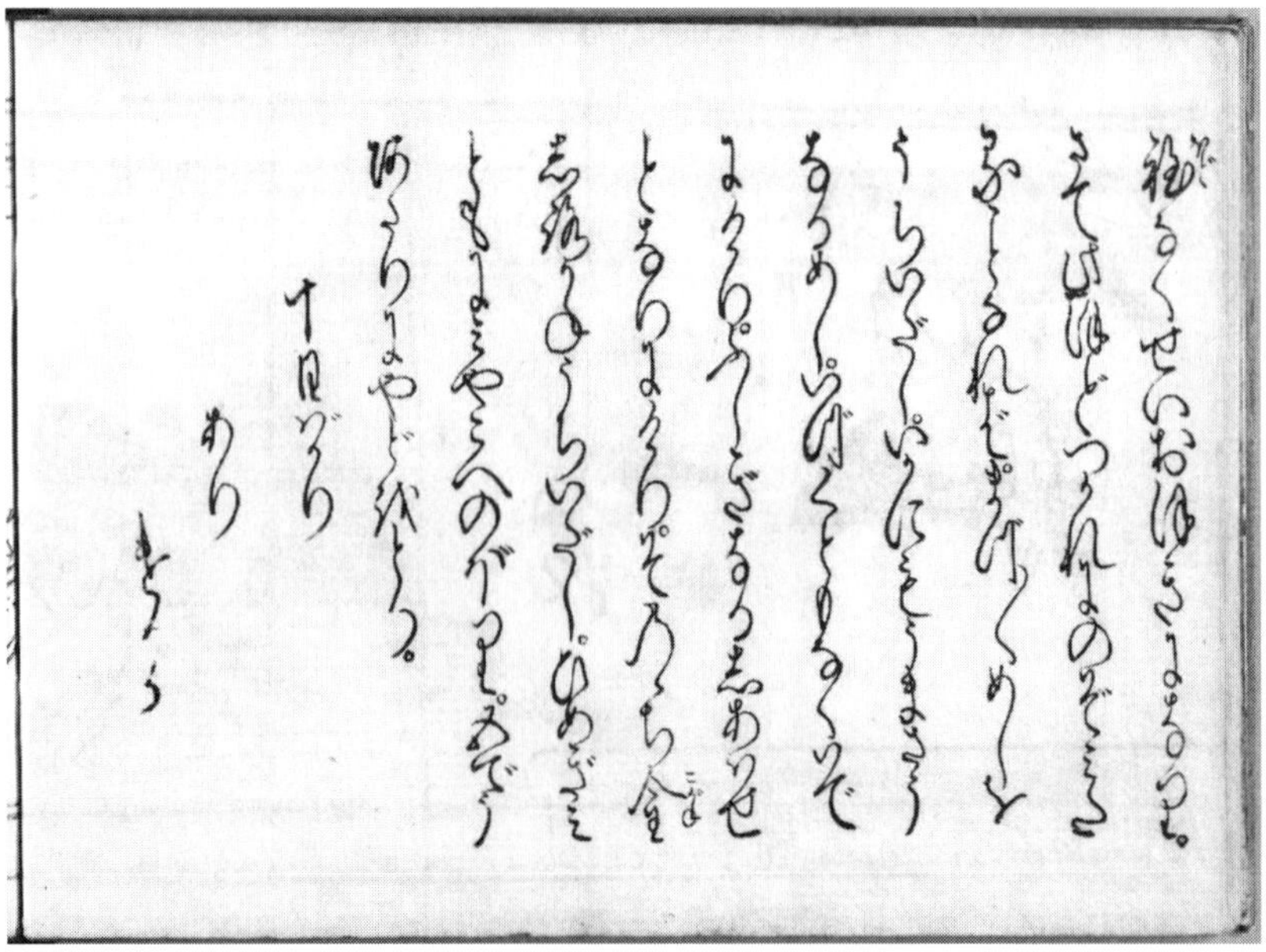

解答→77〜78頁

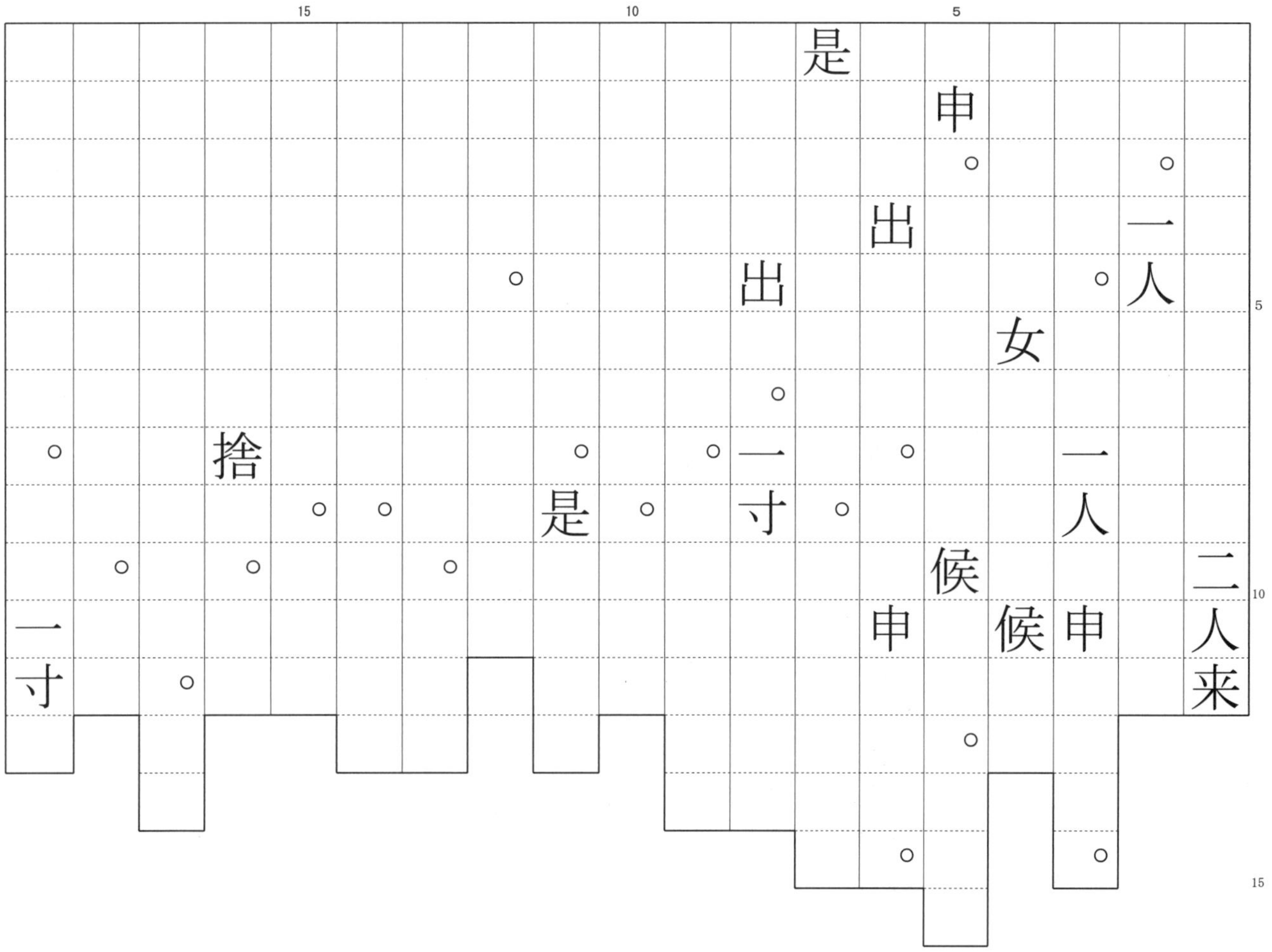
二人来
○一人
○一人申○
女候
申○候○
出○申○
是○
出○一寸
○
○
○是
○
○
○
○
捨○
○
○
○一寸

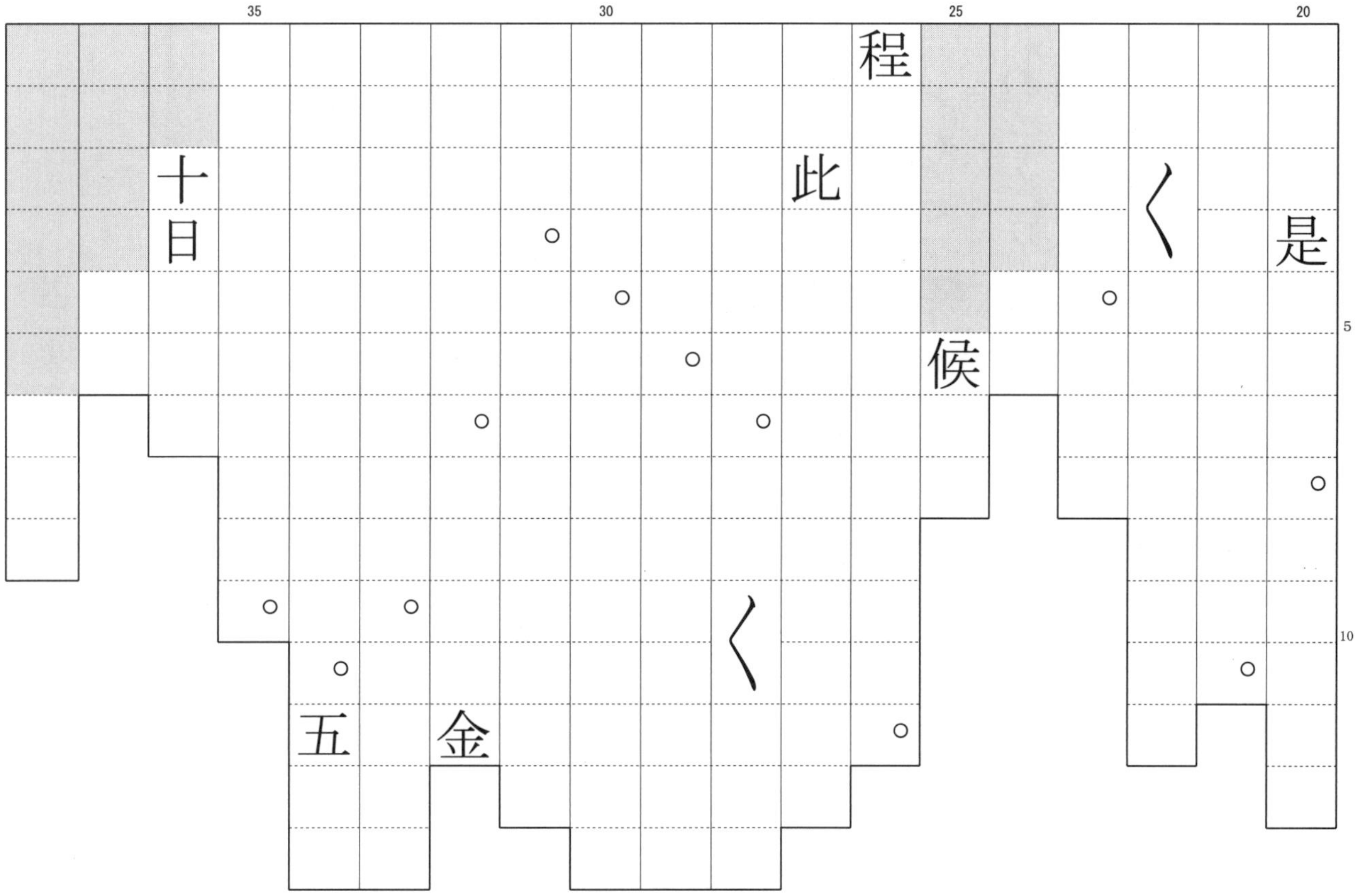
是○
○
く
○
候
程○
此
○く
○
○
○
○
○金
○五
○
十日

第十回　『徒然草』

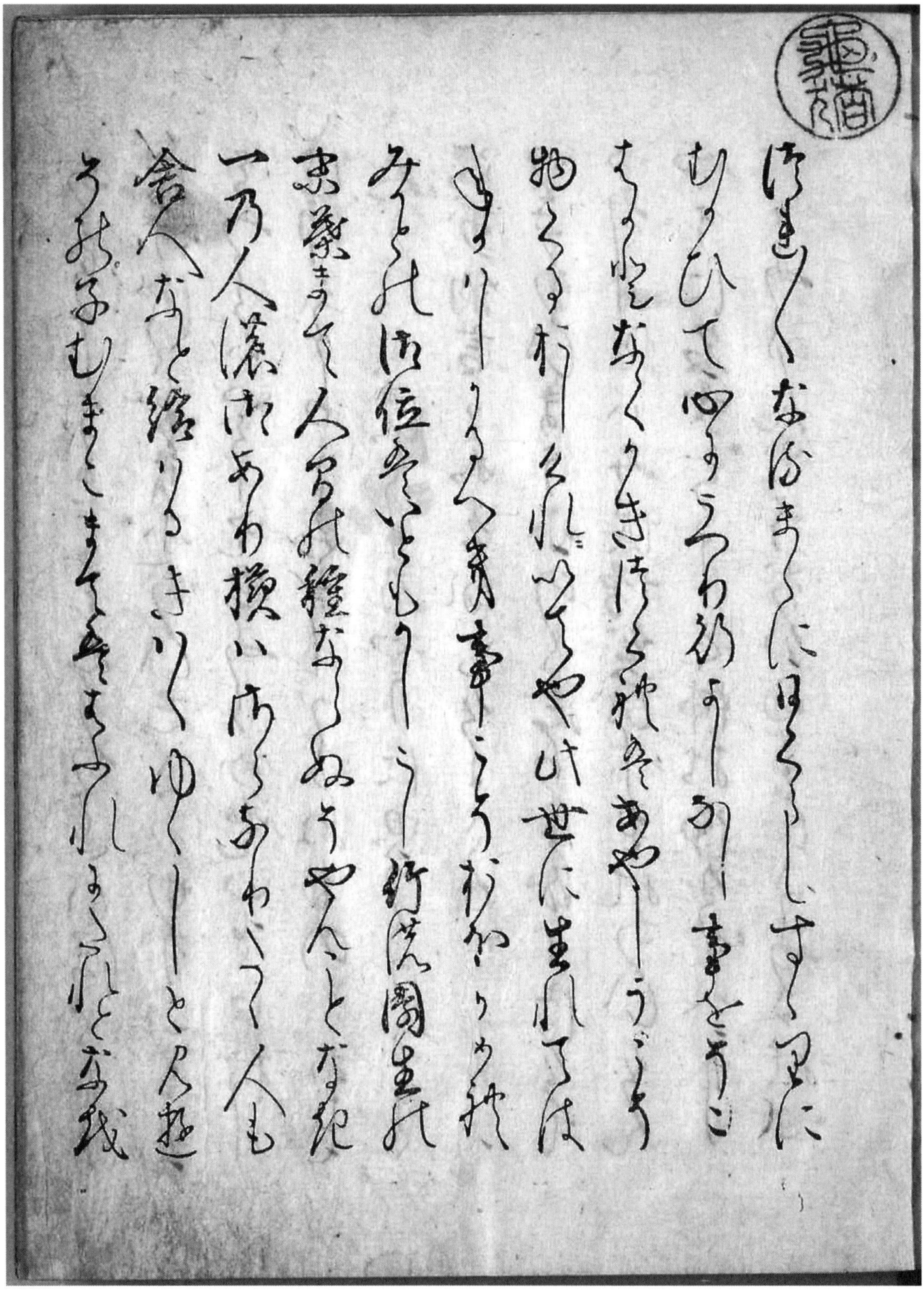
つれ〳〵なるまゝにひくらしすゞりに
むかひて心にうつりゆくよしなし事をそこ
はかとなくかきつくればあやしうこそも
のぐるほしけれいでやこの世に生れては
ねがはしかるべき事こそおほかめれ
みかどの御位はいともかしこし竹の園生の
末葉まで人間の種ならぬぞやんごとなき
一の人の御有様はさらなりたゞ人も
舎人など給はるきはゝゆゝしと見ゆ
その子むまごまではふれにたれどなほ

国立国会図書館蔵『徒然草』序段～第一段（古活字版）

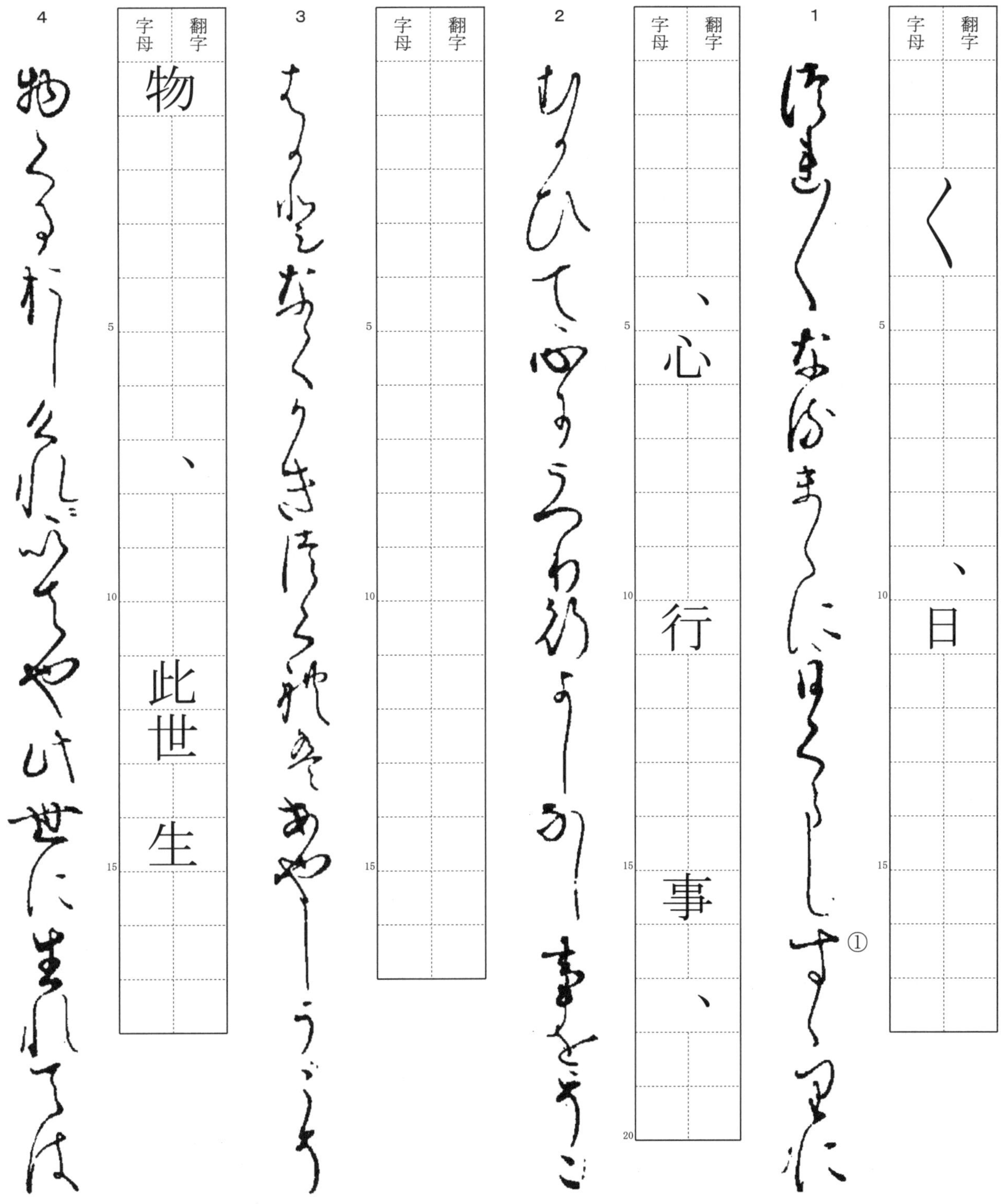

【作品】

〔成立〕鎌倉時代末。十四世紀前期。

〔作者〕兼好法師。〔その他〕作者を「吉田兼好」とするのは誤り。兼好を吉田家に取り込み系図をねつ造したのは、戦国時代の神道家で吉田神社の神官であった吉田兼倶《かねとも》である。つまり、「吉田兼好」という人物は存在しない。

【解説】

一般に、『徒然草』は序段と二四三段からなる作品と考えられているが、章段分けをしたのは寛文《かんぶん》七年（一六六七）刊の北村季吟《きたむらきぎん》『徒然草《つれづれぐさ》文段抄《もんだんしょう》』からで、本来は章段分けされていなかった。『新日本古典文学大系39　方丈記　徒然草』は現存する最古の正徹本《しょうてつぼん》（永享《えいきょう》三年〔一四三一〕写）という写本をもとにしているが、やはり章段分けされていない。したがって、『枕草子』や『源氏物語』といった多様な作品の表現を利用している『徒然草』独自の表現性を考えるには、章段区分にとらわれない読み方が必要なのである。

【語釈】

①「硯に向ひて」は『源氏物語』「手習」巻に依る表現。兼好法師が『源氏物語』に精通していたことを示す部分である。

②「かしこし」は尊い者や権威ある者に対して畏敬の念を表す言葉。

翻字　事　、
字母

5

翻字　御位　、竹　園生
字母

6

②③

翻字　末葉　人間　種　、
字母

7

翻字　一　人　御　様　、　人
字母

8
④
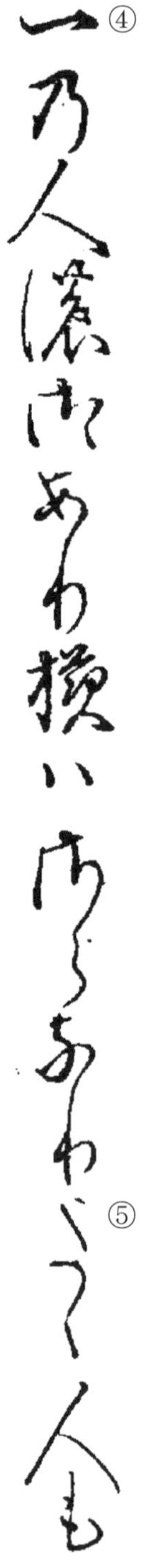
⑤

おそれ多い、もったいないの意。

③「竹の園生」は、中国漢の時代に梁の孝王が東庭に竹を植えて修竹《しゅうちく》苑《えん》と名づけたところから、皇族のことを意味するようになった。

④「一の人」は最高権力者のこと。ここは、摂政関白のこと。

⑤「ただ人」は摂政関白以外の貴族。

⑥「舎人《とねり》」とは、天皇・皇族・貴族に仕え、護衛や雑用に従事した下級官人のこと。

⑦「はふる」は零落する、没落するの意。

【現代語訳】

一人でやることがなく（話し相手もいない状態なので）、一日中硯に向かって、心に浮かんでくる何ということもないことを、とりとめもなく書き付けてみると、不思議と冷静さを失ったようになる。とにかく、（人間が）この世に生まれたら、当然色々と望むことがたくさんあるようだ。天皇の位はとても畏れ多い。皇族の末裔までもが人間界の種族ではなく、高貴である。摂政関白の御様子はいうまでもなく、普通の貴族でも舎人などを賜る身分の人はすばらしく立派に見える。その子・孫まではたとえ零落したとしても、そうはいってもやはり、……

【参考文献】

・安良岡康作『徒然草全注釈（上下）』

9

⑥

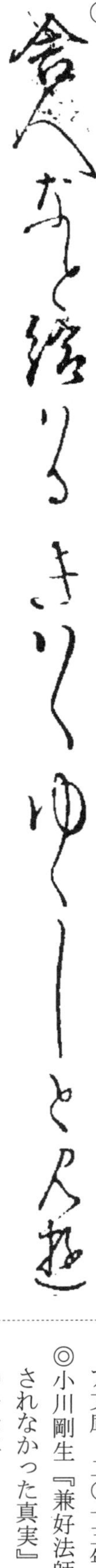

翻字：舎人　給　見　、

字母：

10

⑦

翻字：

字母：子

角川書店、一九六七・六八年
・稲田利徳『徒然草論』笠間書院、二〇〇八年
◎小川剛生訳注『徒然草』角川ソフィア文庫、二〇一五年
◎小川剛生『兼好法師 徒然草に記されなかった真実』中公新書、二〇一七年
◎川平敏文『徒然草 無常観を超えた魅力』中公新書、二〇二〇年

コラム◆短冊

短冊の言葉としての使用例は古く、『日本書紀』や『続日本紀』にも見られる。これらは付箋《ふせん》やメモ、籤《くじ》としての使用例であったが、後に和歌を記すようになった。書写年代がわかる現存最古の和歌短冊には、足利尊氏や兼好らの短冊を一帖につなぎ合わせた、康永《こうえい》三年（一三四四）の奥書をもつ『高野山金剛三昧院奉納和歌短冊《こうやさんこんごうざんまいいんほうのうわかたんざく》』があり、記事としては花園天皇の日記『花園院宸記《はなぞのいんしんき》』正和《しょうわ》二年（一三一三）四月十八、十九日条が知られる。ここでは和歌を記す用途としての短冊について触れる。

歌会において、ある題に沿って歌を詠む（題詠《だいえい》）場合、兼題《けんだい》（歌題をあらかじめ提示される）と当座《とうざ》（その場で初めて歌題が提示される）があるが、当座の歌会において詠まれた歌を記す際に短冊が多く用いられた。この場合、「探《さぐ》り題《だい》」といって、出題者によって題のみ書かれた短冊を探り当て、和歌を記していった。書き方は、全体をおおよそ四等分したうち、上の四分の一ほどに歌題を、残る部分に歌を上の句と下の句を二行に分けて書く。二行の頭は通常は揃えるが、古歌を書く場合は二行目の行頭を一文字下げていた（この場合は署名をしない）。古くは女性も一文字下げていたという。名前は二行目の下に書く（漢詩短冊の場合は本文二行の間の下に書く）が、天皇は署名をしない。短冊は、もとは白い料紙を切っただけの白短冊であったが、南北朝時代に入ると上下に藍や紫の雲形模様（打曇《うちぐもり》、内曇）が見られるようになり、室町時代には金銀泥《きんぎんでい》を用いた下絵が描かれ、さらに江戸時代になると箔や砂子を散らす豪華な料紙も登場した。打曇は上が青、下が紫（赤紫）のものが多く、天地をかたどっているとされる。追善の時は上下を逆にしていたようであるが、上下共に青のものもあり、統一された用法とは言い切れない。短冊は一般的に署名があるので、筆跡の検討を行う上でも貴重な資料と言える。

第十一回　『平家物語』

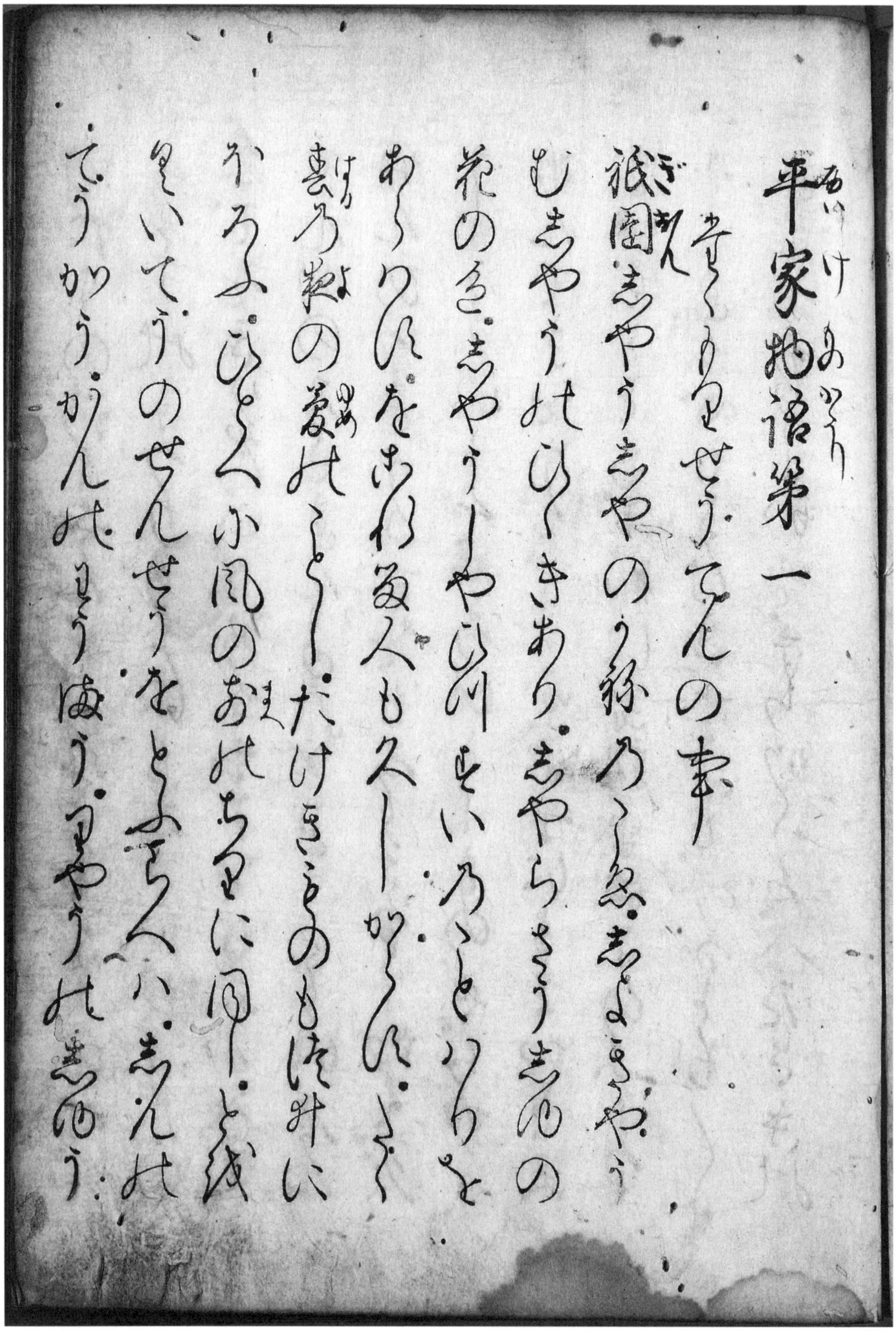

平家物語《へいけものがたり》第一

たゝもりせうてんの事

祇園《ぎをん》しやうしやのかねのこゑ。しよきやうむしやうのひゞきあり。しやらさうしゆの花のいろ。しやうしやひつすいのことはりをあらはす。おこれる人も久しからず。たゞ春《はる》の夜《よ》の夢《ゆめ》のごとし。たけきものもつゐにはほろびぬ。ひとへに風のまへ《まへ》のちりに同し。とをくいてうのせんせうをとふらへハ。しんのてうかう。かんのわうまう。りやうのしう

国文学研究資料館蔵『平家物語』冒頭（古活字版）

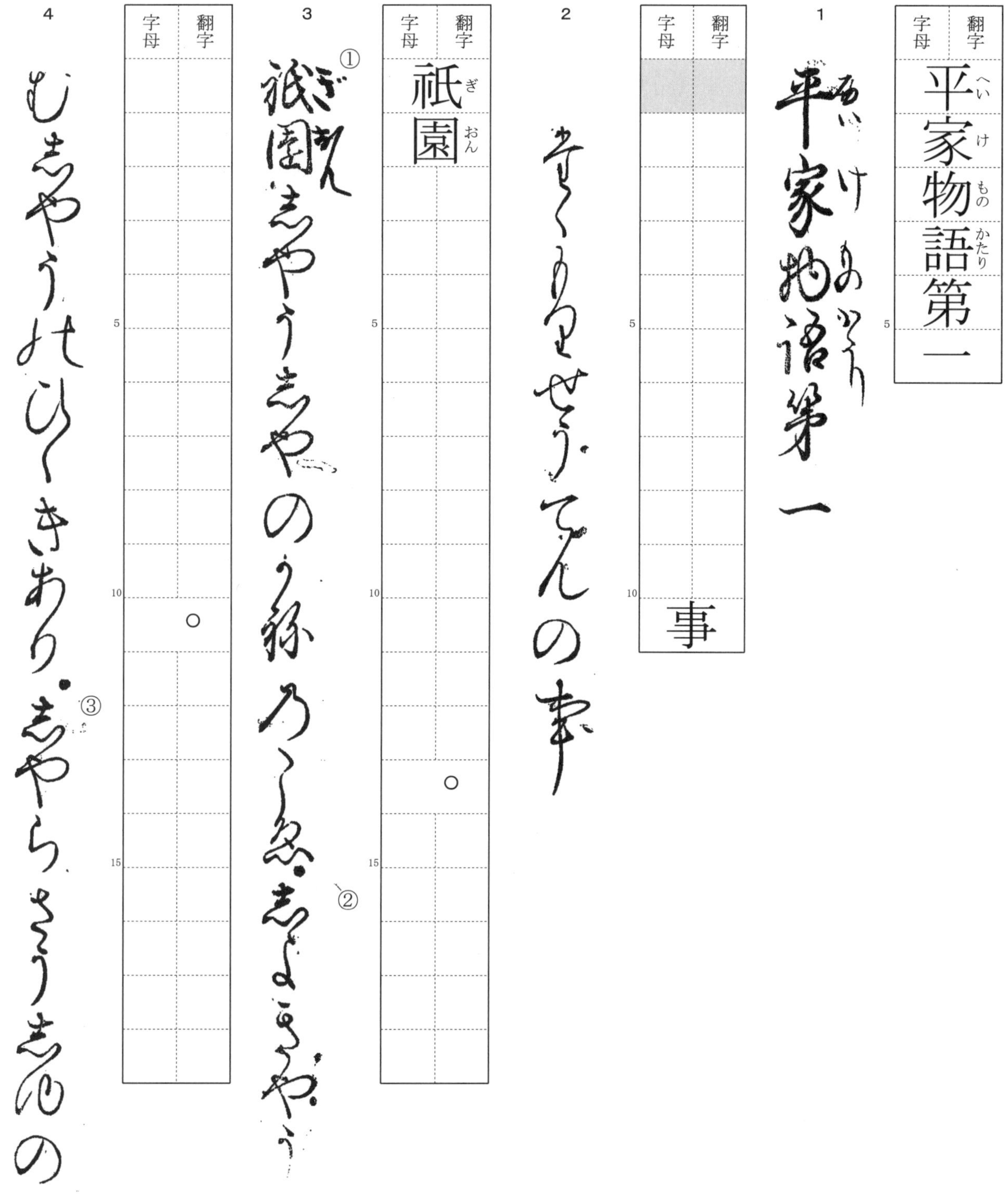

字母	翻字
	平《へい》家《け》物《もの》語《かたり》第一

1

字母	翻字
	事

2

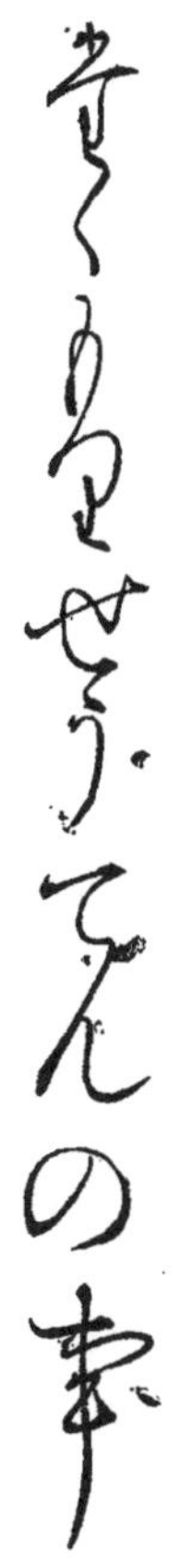

字母	翻字
	祇《ぎ》園《おん》

3

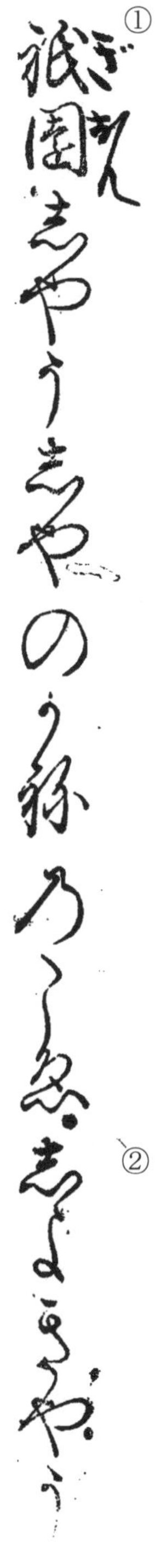

字母	翻字

4

【作品】

〔成立〕醍醐《だいご》寺僧深賢《じんけん》書状に「平家物語合八帖本六帖後二帖」とあることから、正元《しょうげん》元年（一二五九）以前には存在していたことがわかる。〔作者〕未詳。『徒然草』二二六段には「信濃前司行長《ゆきなが》」が作者であるという伝承を載せるが、裏付けは取れない。

〔その他〕同じ『平家物語』でも、諸本《しょほん》と呼ばれる多様な種類の本文がある。諸本は語り本系と読み本系に大別され、現在教科書等で一般的に読まれているのは語り本系の覚一本《かくいちぼん》系（一方系《いちかたけい》）の本文である。なお、比較的古い姿を伝えているのは読み本系の延慶本《えんぎょうぼん》である。

【解説】

「諸行無常」「盛者必衰」という表現に明らかなように、すべての存在は常なることはないという仏教思想（無常観）を説いている。この思想に依りながら、物語は平清盛ほか多くの人々の生き様を語っている。このような人々の姿を主軸として、平安時代末から鎌倉時代初期にかけての歴史の動きを、合戦を中心に据えて描き出しているのが『平家物語』である。

【語釈】

①「祇園精舎」とは須達多《すだった》という長者が建立し釈尊《しゃくそん》に寄進した寺院のこと。中部インド舎衛国《しゃえこく》にあった。

花の色。しやうしやひつすいのことわりを

翻字	字母
花	
色。	

あらはす。おごれる人も久しからず。

翻字	字母
人	
久	
。	

春の夜の夢のごとし。たけきものもつひに

翻字	字母
春《はる》	
夜《よ》	
夢《ゆめ》	
。	

ほろびぬ。ひとへに風のまへのちりに同し。とを

翻字	字母
。	
風	
前《まへ》	
同	
。	

「祇園」は「祇樹給孤独園《ぎじゅぎっこどくおん》」の略、「精舎」は寺院のことである。

②『祇洹図経《ぎおんずきょう》』を踏まえる。「諸行」とは万物の意。同経によると、祇園精舎の中の無常堂に頗梨《はり》（水晶・ガラス）製の腰鼓《ようこ》型の鐘があり、その鐘が「諸行無常　是生滅法　生滅滅已　寂滅為楽」と鳴ると、無常堂に横たわっていた病僧が静かに息を引き取ったという。『往生要集《おうじょうようしゅう》』『栄《えい》華物語《ものがたり》』等にも載る有名な話。

③「娑羅」はインド産の常緑高木。「双樹」は二本の木。釈迦涅槃《しゃかねはん》の際、釈迦の周りの東西南北に二本ずつ生えていた娑羅の木が、悲しみのあまりに真っ白に枯れてしまったという伝説を踏まえる。『涅槃図《ねはんず》』（51頁参照）はその様子を描いている。なお、『平家物語』は釈迦涅槃の話を少し変え「花の色」としている。

【現代語訳】

祇園精舎の鐘の声は、「諸行無常」を説き、（釈迦入滅の際に枯れたという）二本の沙羅の木の花の色は、盛んな者はかならず衰えるという仏教の道理を説いている。権力を握りおごり高ぶった人もその力を持ち続けられない。それは春の夜の夢のようにはかないものだ。猛威を振るった人もついには滅びてしまう。それは風の前の塵のようにあっけないものだ。遠くの外国の先例を尋ねてみ

9

翻字
字母

10

翻字
字母

・48頁の本文と比較して、共通点や相違点を探してみよう。

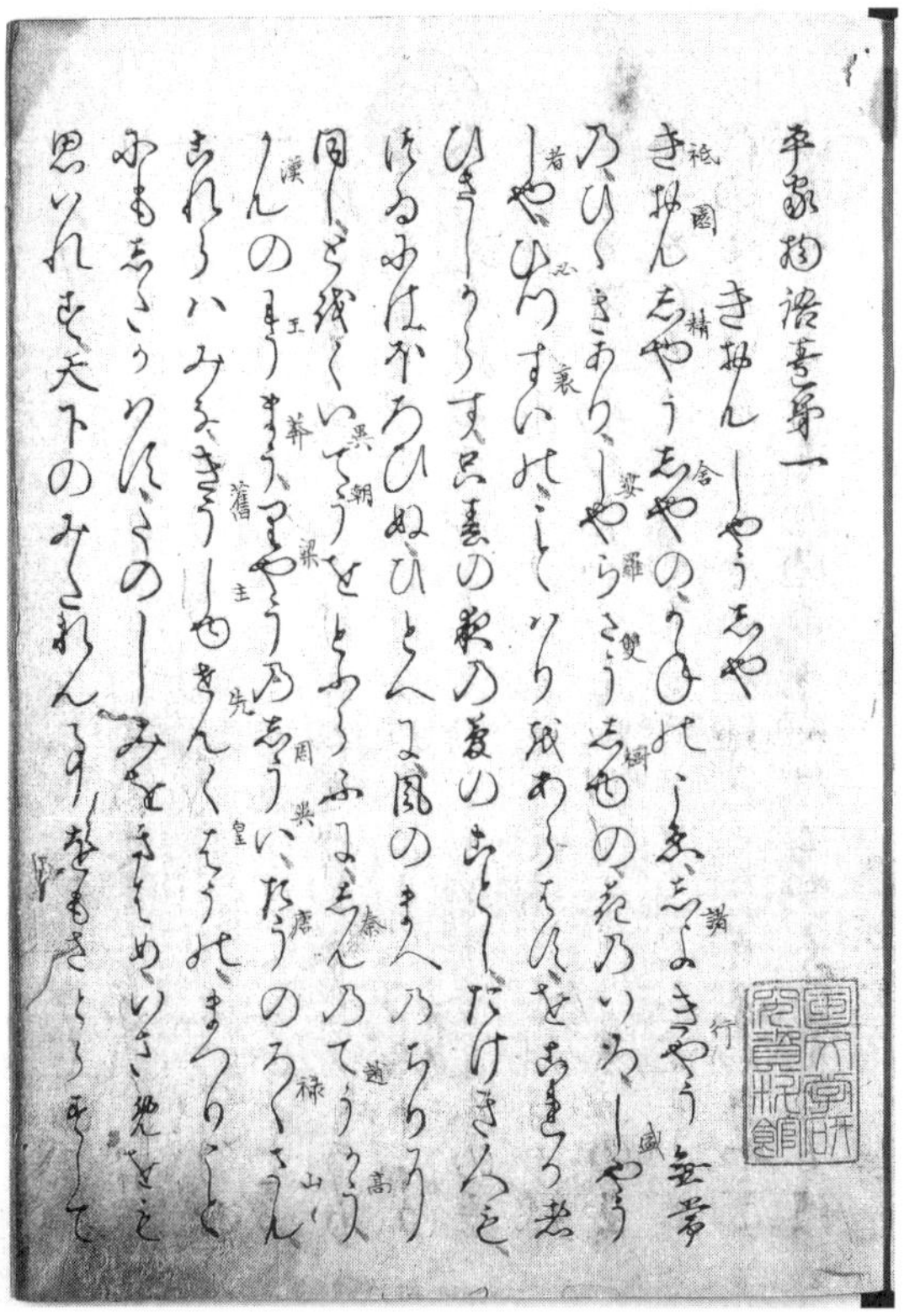

国文学研究資料館蔵『平家物語』（古活字版）

ると、中国の、秦《しん》の時代の趙高《ちょうこう》、漢の時代の王莽《おうもう》、梁《りょう》の周伊《しゅうい》……

【参考文献】

・冨倉徳次郎『平家物語全注釈』角川書店、一九六六～六八年
・延慶本注釈の会編『延慶本平家物語全注釈』汲古書院、二〇〇五～二〇一九年
◎日下力『平家物語転読　何を語り継ごうとしたのか』笠間書院、二〇〇六年
・大津雄一他編『平家物語大事典』東京書籍、二〇一〇年

国立国会図書館蔵『涅槃図』

コラム◆古活字版と整版

書物は手書きで書写された写本《しゃほん》と印刷された版本《はんぽん》（刊本）の形態で伝わっており、目的や内容によりさまざまな装訂に仕立てられている（23・53頁参照）。印刷にも活字を組む方法と版木を彫る方法の二つの技法がある。

活字を組んで行われた印刷は安土桃山～江戸時代前期と江戸時代後期頃から明治時代初めにかけて行われ、前者を**古活字版**《こかつじばん》、後者を**近世活字版**《きんせいかつじばん》と称している。十六世紀末から十七世紀初めにかけて、スペインやポルトガルの宣教師達によって刊行された**キリシタン版**も活字版である。一方で版木を彫る印刷を**整版**《せいはん》と言う。印刷された版面から活字版か整版かの区別ができることが望ましく、ここでは判別の代表的な手がかりを記す。

①活字版は匡郭《きょうかく》（版面の四周の枠）の四隅に空きができる。（図版一参照）

②活字版は活字の高さが均一でない場合があり、版面の文字の濃淡に差が出る。

③活字版は同じ活字を別の丁にも繰り返し使っているため、全体を通して同じ活字が見られる。例えば傷がついているなど、特徴的な活字が繰り返し出現する場合には活字版と判断される。

④活字版は一字ごとに文字を組んでいくため、数文字をつなげた連続活字を除いて基本的に文字のつながりがなく、上下の文字が入り組むことはない。一方で整版は上下の文字が入り組む場合が見られ、文字と文字のつながり（「連綿《れんめん》」という）がしばしば見られる。（図版二参照）

⑤活字版は文字の大きさが不揃いで、活字の転倒もまれに見られる。

匡郭がない場合は②～④、特に③や④が有効な手がかりとなる。本書においても、44・48・51頁上段の図版（古活字版）と、38・42頁（整版本）をじっくり見比べることによって④の違いがわかるようになっている。

匡郭

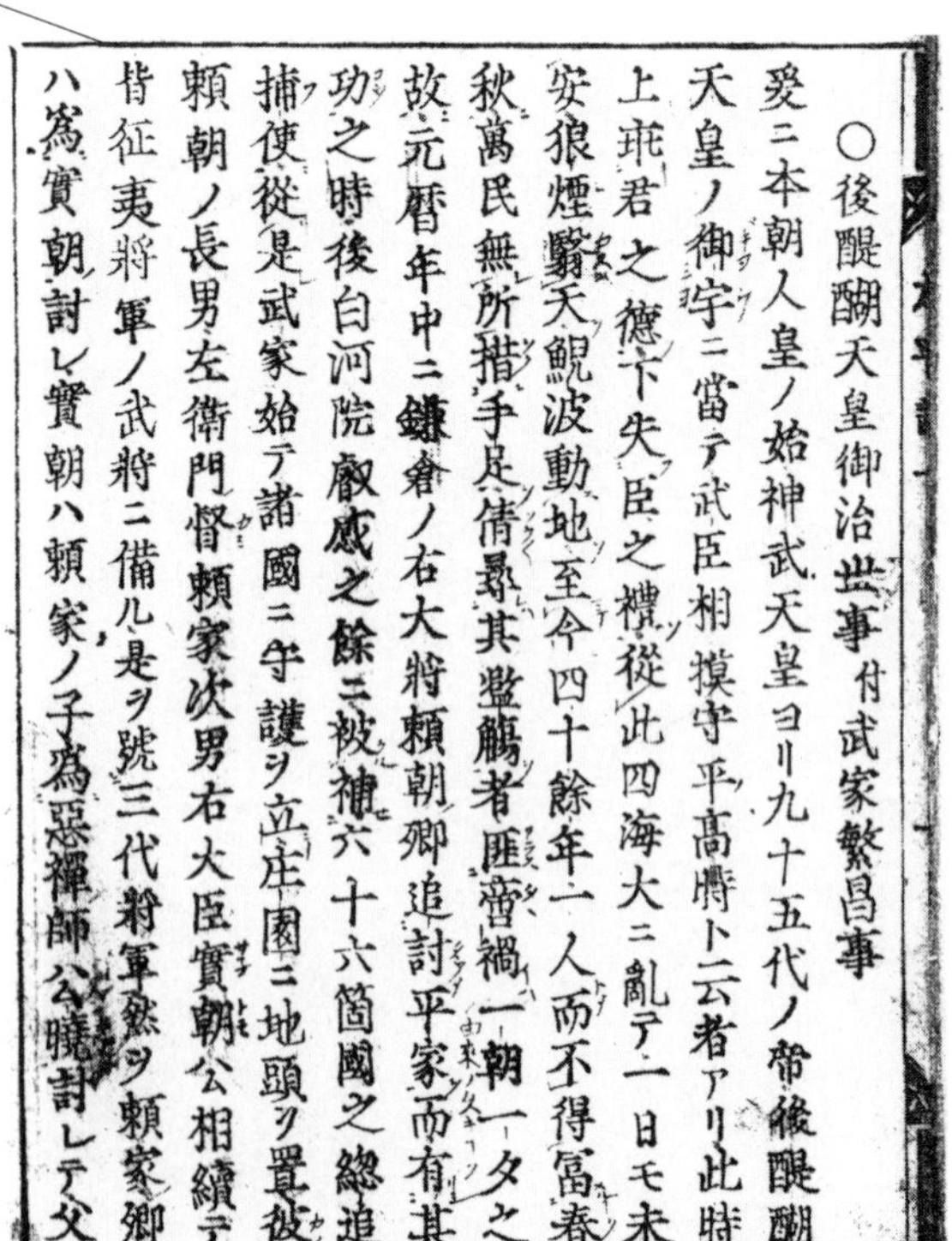
○後醍醐天皇御治世事付武家繁昌事
爰ニ本朝人皇ノ始神武天皇ヨリ九十五代ノ帝後醍醐
天皇ノ御宇ニ當テ武臣相摸守平高時ト云者アリ此時
上乖君之徳下失臣之禮従此四海大ニ乱テ一日モ未
安狼煙翳天鯢波動地至今四十餘年一人而不得富春
秋萬民無所措手足倩尋其濫觴者匪啻禍一朝一夕之
故元暦年中ニ鎌倉ノ右大将頼朝卿追討平家而有其
功之時後白河院叡感之餘ニ被補六十六箇國之總追
捕使従是武家始テ諸國ニ守護ヲ立庄園ニ地頭ヲ置彼
頼朝ノ長男左衛門督頼家次男右大臣實朝公相續テ
皆征夷将軍ノ武将ニ備ル是ヲ號三代将軍然ヲ頼家卿
ハ爲實朝討レ實朝ハ頼家ノ子爲悪禅師公暁討レテ父

図版一　『太平記』慶長《けいちょう》15年（古活字版）

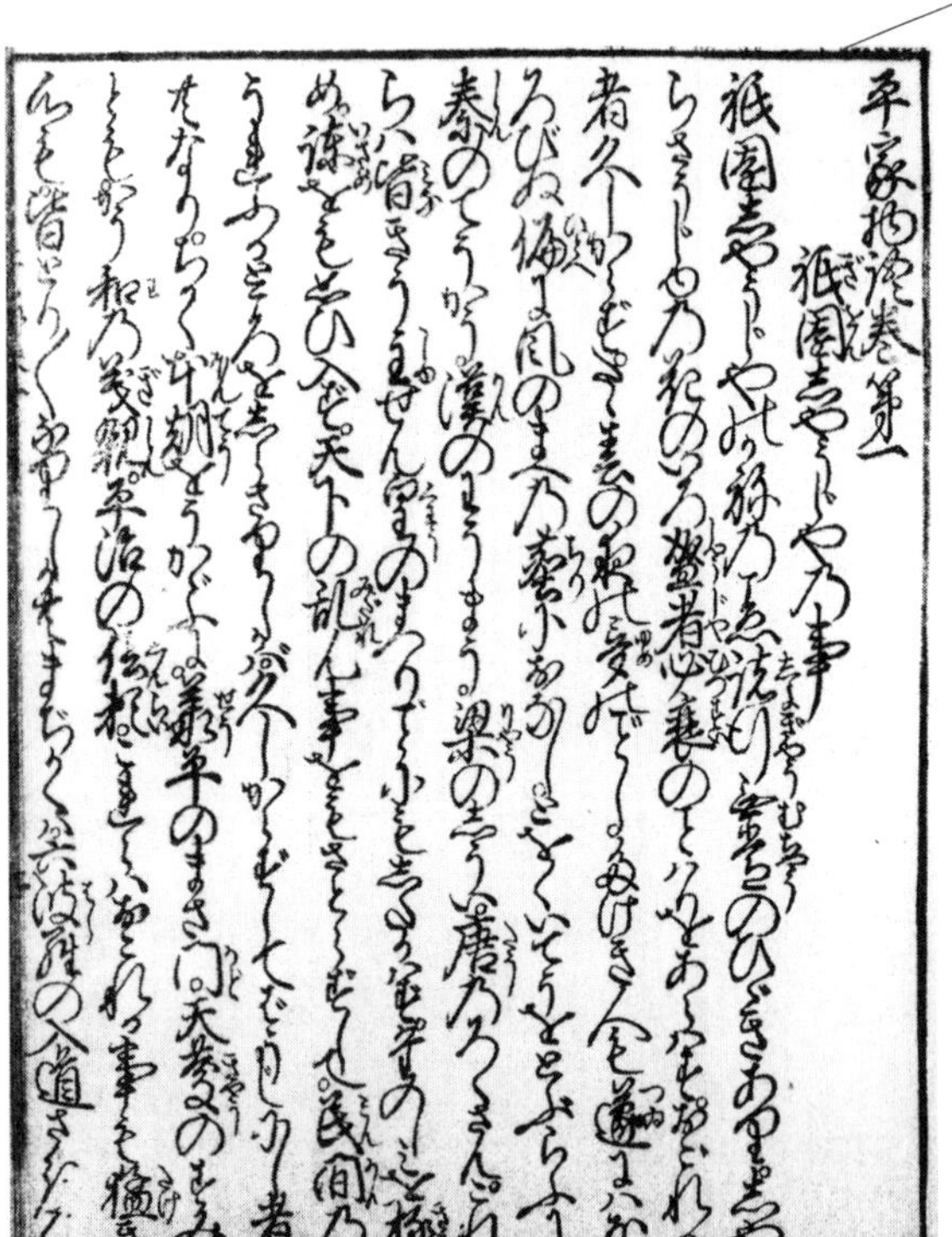

図版二　『平家物語』明暦《めいれき》2年（整版本）

（図版はいずれも宮内庁書陵部蔵）

コラム◆料紙の主な原料

紙の製法や材質は時代によって変遷し、用途によって異なった素材の紙が使われてきた。ここでは主要な原料について簡単に触れておきたい。

【主な原料】

・楮《こうぞ》（楮紙《ちょし》）…栽培が容易で毎年収穫でき、和紙の原料として最も多く使われている。繊維は太くて長く強靭で、幅広い用途に用いられる。

・雁皮《がんぴ》（雁皮紙、斐紙《ひし》）…山地に自生し、栽培も難しく、生育も遅い。繊維は細くて短く、光沢があり滑らか。墨のにじみがなく、裏にしみないため、厚めの紙は両面書写に適している。また、薄めの紙は透き写し（影写）をする際にも用いられる。楮と雁皮が交ぜ合わされて漉《す》かれた紙もある（斐楮交漉紙《ひちょまぜすきがみ》）。

・三椏《みつまた》（三椏紙）…繊維は柔軟で細かく、光沢があり、印刷に適している。人工栽培が難しい雁皮の代用として各地に栽培が広まった。

・麻《あさ》（麻紙《まし》）…古代の紙の主要原料で、麻の繊維または麻布を処理して原料としている。強靭で重厚な風格のある紙だが、原料処理や加工が困難であることから、平安時代には作られなくなった。奈良時代の写経や正倉院所蔵の文書に多く残されている。

・竹（竹紙《ちくし》）…竹の繊維で漉いた紙。竹は中国では入手が容易であったために印刷用の料紙として多く用いられ、記録からは東晋や唐の時代から使われていたことが確認される。

三椏

【和紙の特徴】（現在の仕上がり具合から）

楮紙

・厚手で表面に縮緬《ちりめん》状の皺のある紙→檀紙《だんし》

・細かく短い繊維で作った美麗に見える紙、ふっくらとした仕上がりの紙→奉書紙《ほうしょがみ》

雁皮紙

・厚手のもの→厚様《あつよう》（厚葉）、鳥の子紙

・薄くて透けるもの→薄様《うすよう》（薄葉）

【和紙と装訂】

装訂と料紙は密接な関係を持っており、それぞれの装訂は料紙の特性を生かした仕上がりとなっている。

・楮紙…主に片面印刷、または片面書写の料紙として用いられ、袋綴じに仕立てられることが多い。

・雁皮紙（厚様〔厚葉〕・鳥の子紙）…両面書写される列帖装に使われることが多い。

・竹紙…漢籍（主に袋綴じ）に多く用いられている。

また、筆の滑りを良くするために、紙を湿らせた状態で木槌などで打つこともある（打紙《うちがみ》）。表面に光沢が出て、堅く締まった感じになるため、打紙加工を施した楮紙は雁皮紙と似た風合いになり、区別には慎重さが求められる。近年の研究の進展で、雁皮紙と考えられていた料紙が打紙をした楮紙と判明した例も多い。能書として名高い尊円親王《そんえんしんのう》（一二九八～一三五六）が著した『入木抄《じゅぼくしょう》』には、「打紙には卯毛（兎の毛の筆）」、中原康富《なかはらやすとみ》（一四〇〇頃～五七）の日記『康富記』嘉吉《かきつ》二年（一四四二）十月九日の記事にも「打紙には兎の毛」とあるなど、使用する紙に応じて筆も使い分けていることが諸書からうかがうことができる。

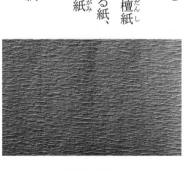

檀紙の表面

第十二回『宇治拾遺物語』

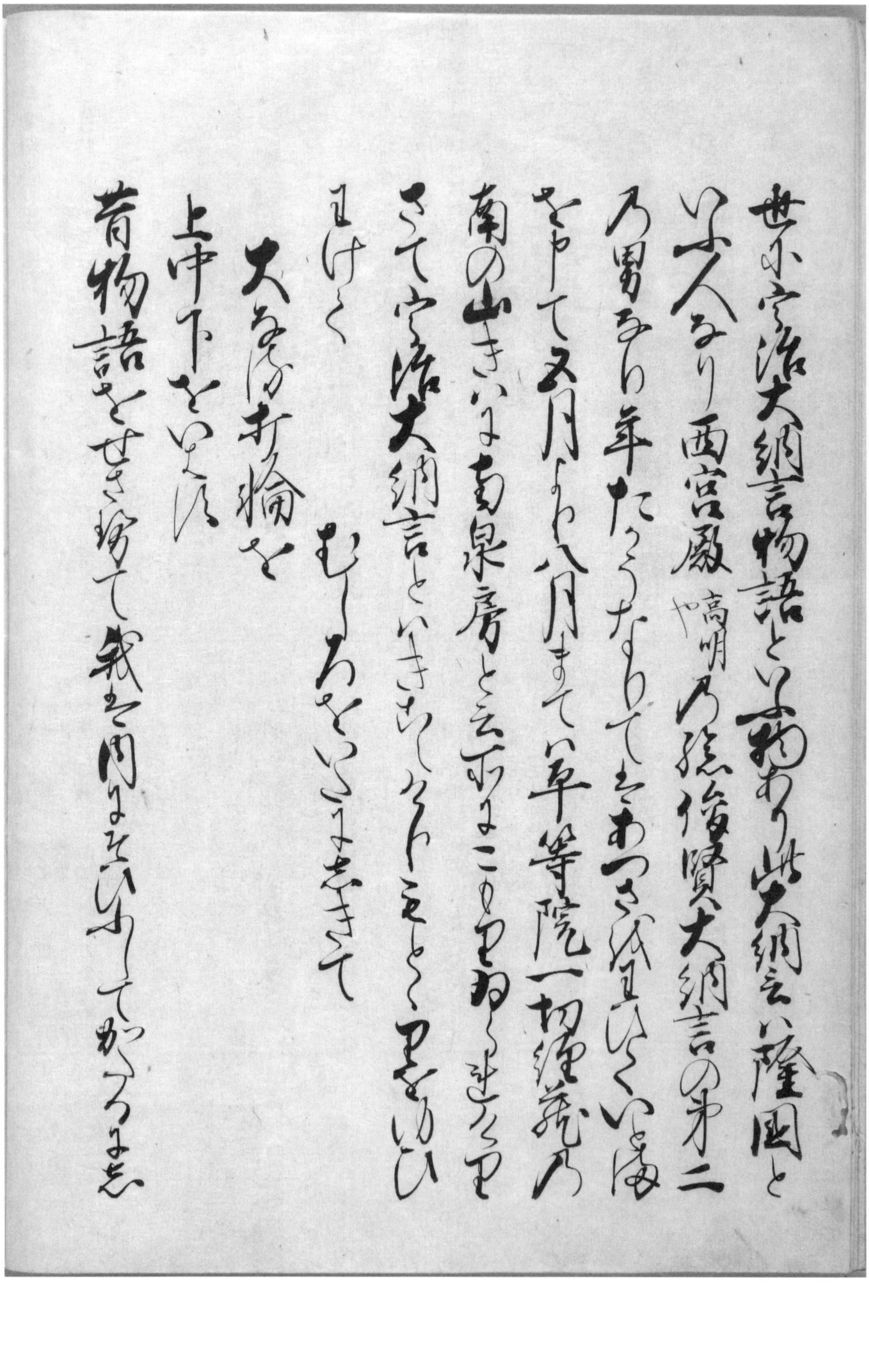
世に宇治大納言物語といふ物あり此大納言は隆国と
いふ人なり西宮殿〔高明〕や の孫俊賢大納言の第二
の男なり年たかうなりてはあつさをわびていとま
を申て五月より八月までは平等院一切経蔵の
南の山きはに南泉房と云所にこもりゐられ
さて宇治大納言ときこえけりもとゞりをゆひ
まげて　むしろをいたにしきて
大なる打輪を
上中下をいはず
昔物語をせさせて我は内にそひふしてかたるにまか

東洋大学附属図書館蔵『宇治大納言物語』序文（写本）

1

翻字	字母
世　宇治大納言物語　物　此大納言　隆国	

2

翻字	字母
高明	人　西宮殿也　孫俊賢大納言　第二

3

翻字	字母
	男　年

4

翻字	字母
	申　五月　八月　平等院一切経蔵

【作品】

〔**成立**〕鎌倉時代初期。〔**作者**〕未詳。〔**その他**〕序文のほかに一九七話の説話を収める、中世を代表する説話集である。『今昔物語集』をはじめとして、『古本説話集《こほんせつわしゅう》』『古事談《こじだん》』とも共通する多くの説話を収めるが、瘤《こぶ》取り爺のような民間伝承・昔話に通ずる説話も収められている点に本作の特徴の一つがある。

【解説】

「説話」という術語は近代に誕生した。かつては、人から伝え聞いた事柄（口承）や、人が書き留めた伝承（書承）などを書き記したものを「説話」とする説もあったが、現在では「説話」の範囲はもっと広いと考えるのが一般的である。『宇治拾遺物語』の序文は、説話・説話集がどのようにして生まれたかを示唆する内容となっている。なお、七～九行目にかけて、古本系には欠文があるので、現代語訳では万治《まんじ》二年（一六五九）刊の流布本《るふぼん》（もっとも広まった本のこと）が増補した文章で訳を補い、〔　〕に括って示すことにする。

【語釈】

①「宇治大納言物語」は、平安時代後期頃に存在したと考えられている説話集で、源　隆国《みなもとのたかくに》編といわれる。現存しないが、中世の説話集に大き

5

翻字	字母
	南
	山
	南泉房
	云所

6

翻字	字母
	宇治大納言

7

翻字	字母

8

翻字	字母
	大
	打輪

な影響を与えたと考えられている。
②源隆国は藤原頼通《ふじわらのよりみち》の近臣で正二《しょうに》位《い》権大納言であった。
③源高明《みなもとのたかあきら》は醍醐天皇の皇子で醍醐源氏の祖である。安和《あんな》の変で失脚した。なお、「高明也」は古本系諸本に共通して存在する割《わ》り注《ちゅう》。
④「一切経蔵《いっさいきょう》」は平等院鳳凰堂《びょうどういんほうおうどう》の南にあったと推定されている。南泉房はさらに南の山裾にあったことになる。隆国が南泉房にいたことは、隆国らが編纂した『安養集《あんようしゅう》』に「南泉房大納言与延暦寺阿闍梨数人共集」とあることから確認できる。

【現代語訳】

世に宇治大納言物語という作品がある。この大納言とは隆国という人のことである。西宮殿こと源高明の孫である俊賢大納言の次男である。年をとってからは、暑さを歎いて、休みをいただいて、五月から八月までは宇治平等院一切経蔵の南の山の裾にある南泉房という所にお籠もりになっていたということだ。そのために宇治大納言と呼ばれていたそうだ。もとどりを結い曲げて〔不思議な姿で〕、筵《むしろ》を板に敷いて〔涼んでいて〕、大きな団扇〔でもって扇がせるなどして、往来する人を〕身分の上中下を問わず〔呼び集め〕、昔の物語をさせて、自分はその内側にいて、寝そべりながら、人々が語った話をそ

9　上中下をいはす

翻字：上中下

10　昔物語をせさせて我は内にそひふしてかたるにし

翻字：昔物語　我　内

11　たかひて大きなる双紙にかゝれけれは天竺の事もあ

字母：双紙　天竺　事　有

のまま大きな冊子に書かれたということだ。その内容は、インドのこともあり、……

【参考文献】
・三木紀人編『今昔物語集宇治拾遺物語必携』學燈社、一九八八年
・小峯和明『宇治拾遺物語の表現時空』若草書房、一九九九年
◎小峯和明『説話の言説――中世の表現と歴史叙述』森話社、二〇〇二年
・廣田收『『宇治拾遺物語』表現の研究』笠間書院、二〇〇三年
◎伊東玉美『宇治拾遺物語のたのしみ方』新典社、二〇一〇年
◎高橋貢・増古和子『宇治拾遺物語全訳注』講談社学術文庫、二〇一八年

第十三回『建礼門院右京大夫集』

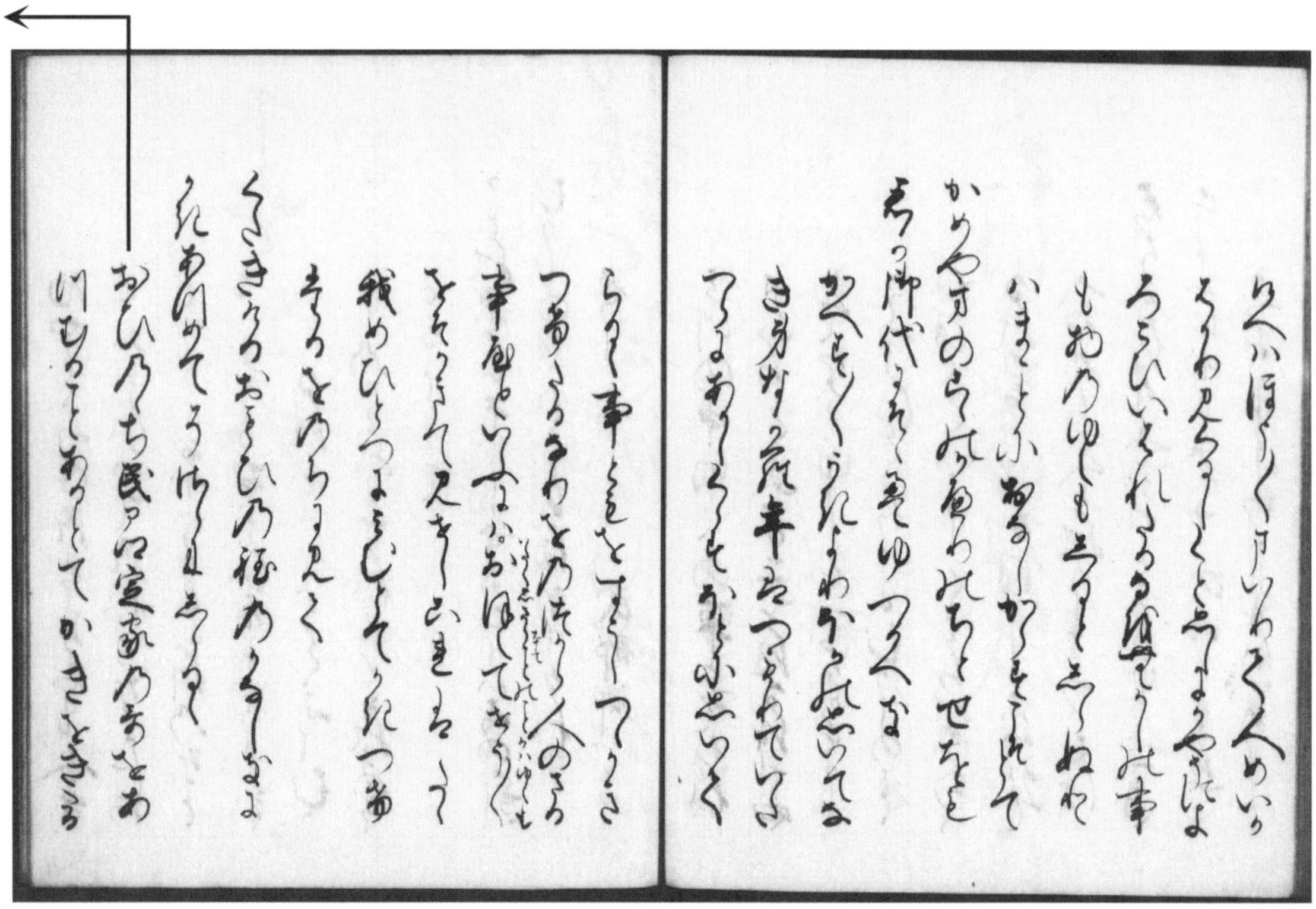

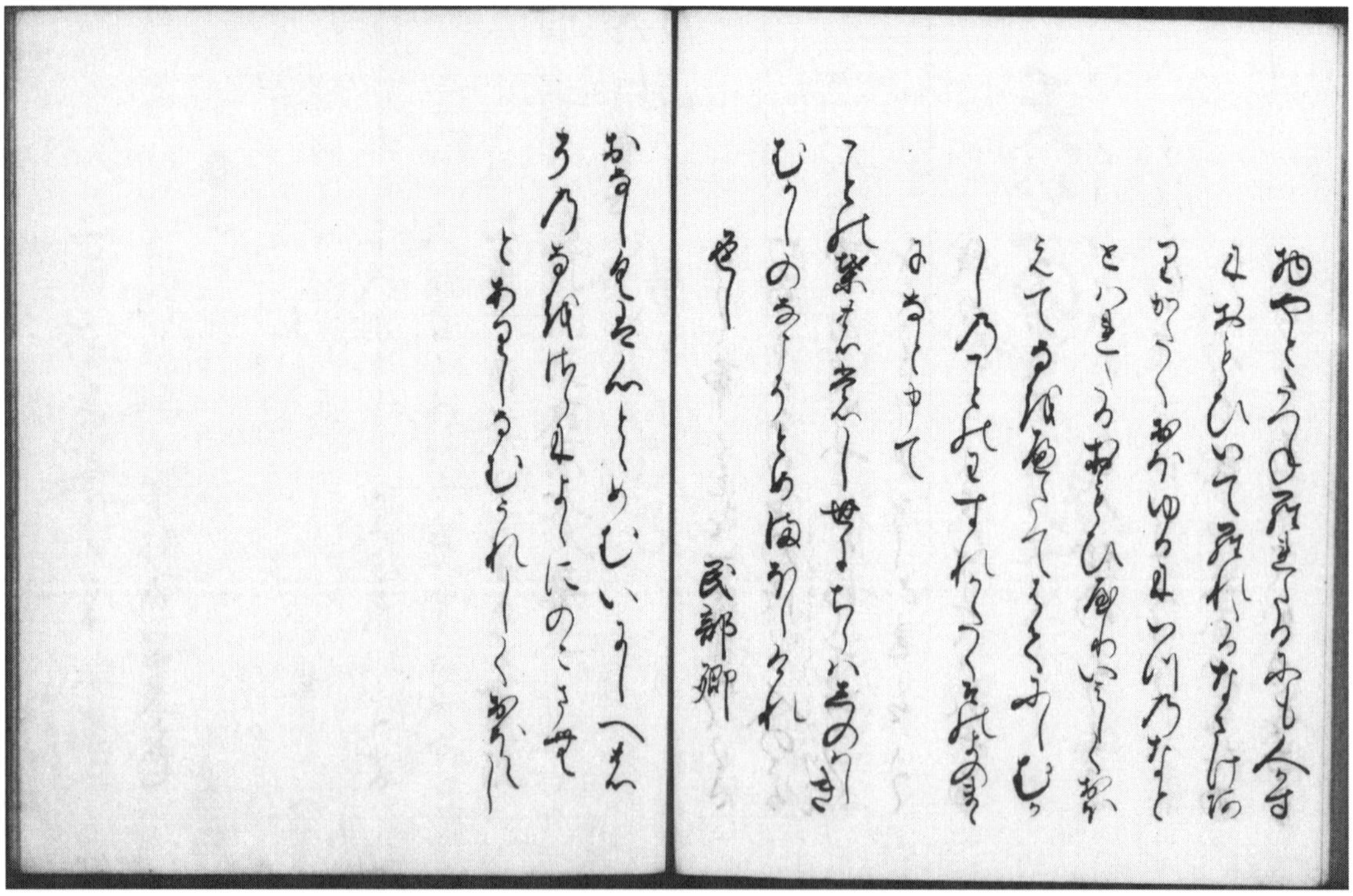

宮内庁書陵部蔵『建礼門院右京大夫集』跋文（写本）

1

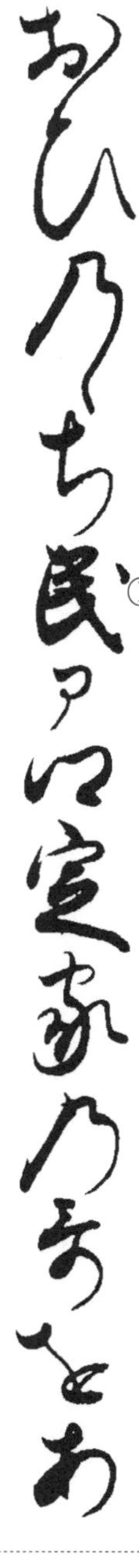

翻字	字母
民部卿定家　哥	

2

翻字	字母

3

翻字	字母
物　人	

4

翻字	字母

【作品】

〔**成立**〕鎌倉時代。〔**作者**〕建礼門院右京大夫（藤原〔世尊寺《せそんじ》〕伊行《これゆき》の娘）。〔**その他**〕全三六〇余首の歌集。詞《ことば》書《が》きを二字下げにして書き、和歌を行頭から書く形は和歌集の書式である。ただし、恋人平資盛《たいらのすけもり》の討ち死にを悲しみ追慕する心情が本作の中心主題となっていて、その思いを語る叙述等は日記文学作品に通ずる。つまり、私家集と日記文学作品の特徴を併せ持っている点にこの作品の特徴がある。和歌を二字下げにするという散文作品の形式で書写された伝本も報告されていて、日記文学のような作品として享受されていた面も指摘されている。また、星を詠んだ歌が多い（七夕歌五一首）のも本作の特徴である。『玉葉《ぎょくよう》和歌集』『風《ふう》雅《が》和歌集』等の勅撰和歌集にも入集《しゅう》している。

【解説】

掲載箇所には、この作品が第九番目の勅撰和歌集『新勅撰和歌集《しんちょくせんわかしゅう》』の撰集資料として、藤原定家の求めに応じて提出されたこと、「建礼門院右京大夫」という女房名は、高倉《たかくら》天皇中宮徳子《とくこ》に出仕していた時代の召名《めしな》で、自身で望んでこの名を使用してもらったことが記されている。なお、『新勅撰和歌集』には本作から二首入集している。

5 6 7 8

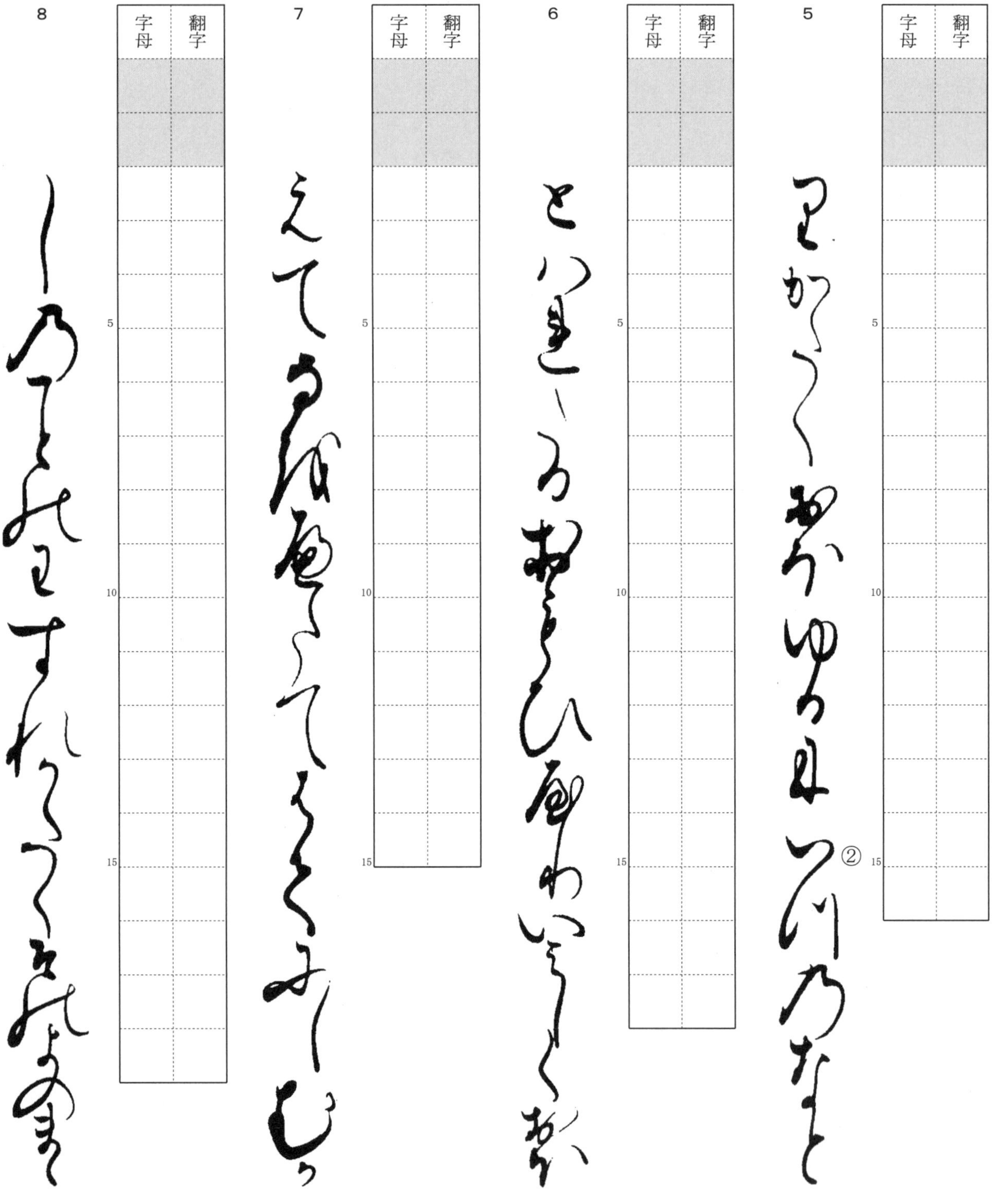

【語釈】

①藤原定家が『新勅撰和歌集』の撰集に着手したのは貞永《じょうえい》元年（一二三二）六月。よって、本作が提出されたのはそれ以前ということになる。しかしながら、定家が民部卿《みんぶきょう》であったのは建保《けんぽう》六年（一二一八）七月九日から嘉禄《かろく》三年（一二二七）十月二十一日までの間である。この部分の記述の乱れの理由は明確にされていない。

②右京大夫は二度出仕している。最初は承安《しょうあん》三年（一一七三）頃に高倉天皇中宮徳子に出仕し、右京大夫と称された。治承《じしょう》二年（一一七八）秋以前に宮中を退出したが、建久《けんきゅう》七・八年（一一九六・一一九七）頃に後鳥羽《ごとば》天皇のもとに再び出仕し、後鳥羽天皇退位後はその母七条院に仕え、七条院右京大夫と名乗ったようである。定家が「いつの名」にするかと尋ねたのはこのような理由による。

【現代語訳】

年を取ってから、民部卿定家が新勅撰和歌集を撰集する際に、「歌を書き残したものはありませんか」と尋ねてくださったことだけでも、私を一人前の歌人として思い出しておっしゃってくださった心遣いをもったいなく思いましたのに、「どの時の

翻字　字母

申

9

翻字　字母

葉

世

10

翻字　字母

11

翻字　字母

返

民部卿

12

名前を載せたいですか」と聞いてくださったお気遣いが嬉しく思われて、そうはいってもやはり、ただずっと昔になってしまったことが忘れられないので、「その時のままの名前で」などと申し上げようと、次の歌を送りました。

私の歌がもし世に広まるのであればぜひ昔の名前を残したいです

返歌　民部卿

同じことであるならば心に残っていらっしゃる昔のそのお名前をさらに後の世まで残しましょう

とお返事いただいたことこそ、大変嬉しく思われました。

【参考文献】

・久保田淳校注・訳『新編日本古典文学全集47　建礼門院右京大夫集　とはずがたり』小学館、一九九九年

◎糸賀きみ江『建礼門院右京大夫集　全訳注』講談社学術文庫、二〇〇九年

13

翻字	字母
	心

14

翻字	字母

15

翻字	字母

コラム◆奥書の理解

本書に掲載した宮内庁書陵部蔵『建礼門院右京大夫集』の伝本自体は書風や形態から江戸時代初期の書写とみられるが、書陵部本に行き着くまでにどのような書写の過程を経てきたのだろうか。ここでは奥書からわかることをたどってみたい。奥書の引用に際し、読点・傍線および改頁を示す〝」〟は筆者が付した。また考察には他伝本の奥書も参考にした。

本云
　建礼門院右京大夫集也、
　此草子自筆なりけるを、七条院
　大納言さりかたきゆかりにて、
　このさうしをみせられたりける
　を、かきうつされたるとなむ、①

本云
　以承明門院小宰相本正元々年
　二月二日書写之云々、」②
　此人者伊行朝臣女之由、新勅
　撰の目録に見たり、」③
　正和五年六月廿六日書写之了、
　　一校了、」④

「本云《ほんにいう》」以下は、書写に用いたもとの伝本（親本《おやほん》、底本《そこほん》《ていほん》とも）に書かれている内容であることを示す。書陵部本には二つの「本云」が見られ、いくつかの段階を経て書写が行われたことがわかる。内容から四つに分け、番号を付した。

①までの範囲では、傍線部から、作者自筆本を七条院大納言（藤原実綱の娘）が書写した伝本の存在が確認される。また、二番目の「本云」以下、②までの傍線部と波線部からは、承明門院《しょうめいもんいん》小宰相《こざいしょう》（藤原家隆の娘）本を正元《しょうげん》元年（一二五九）二月二日に書写した伝本の存在が確認される。そしてその本から新たに書写を行った際に、③の「此人者～見たり」までが書き加えられた。ここまでをつなげると、

作者自筆本→七条院大納言本→承明門院小宰相本→正元元年本→③を書き加えた本（仮に「③本」とする）

となろう。そして③本を親本として正和《しょうわ》五年（一三一六）に書写がなされ、④が書き加えられた。奥書はここまでだが、その後江戸時代初期に書写されたものが宮内庁書陵部本であると考えられる。以上を整理すると、

作者自筆本→七条院大納言本→承明門院小宰相本→正元元年本→③本→正和五年本→書陵部本

という流れが導き出されるのである。なお、「一校了」とは、書写した後に誤字脱字の有無を見直した時に記し、「一校奥書」と言う。第十三回『建礼門院右京大夫集』（58頁参照）上段左の丁、三行目中央部分に見られる挿入（「。」の部分。「補入」という）にも「本言」とあり、その一環として書写の際の脱文を補ったものであろう。

このように、親本に記されている奥書を本奥書《ほんおくがき》《もとおくがき》、その伝本に限った、一番新しい奥書を書写奥書と言う。書陵部本には江戸時代初期の書写奥書が見られず、具体的な情報がつかめないことが悔やまれる。本奥書には「本云」と記していないものもあり、また、書陵部本のように書写奥書が記されていない場合もあることから、奥書の内容を正確に理解し、書写の過程を把握することが求められるのである。

第十四回　『とはずがたり』

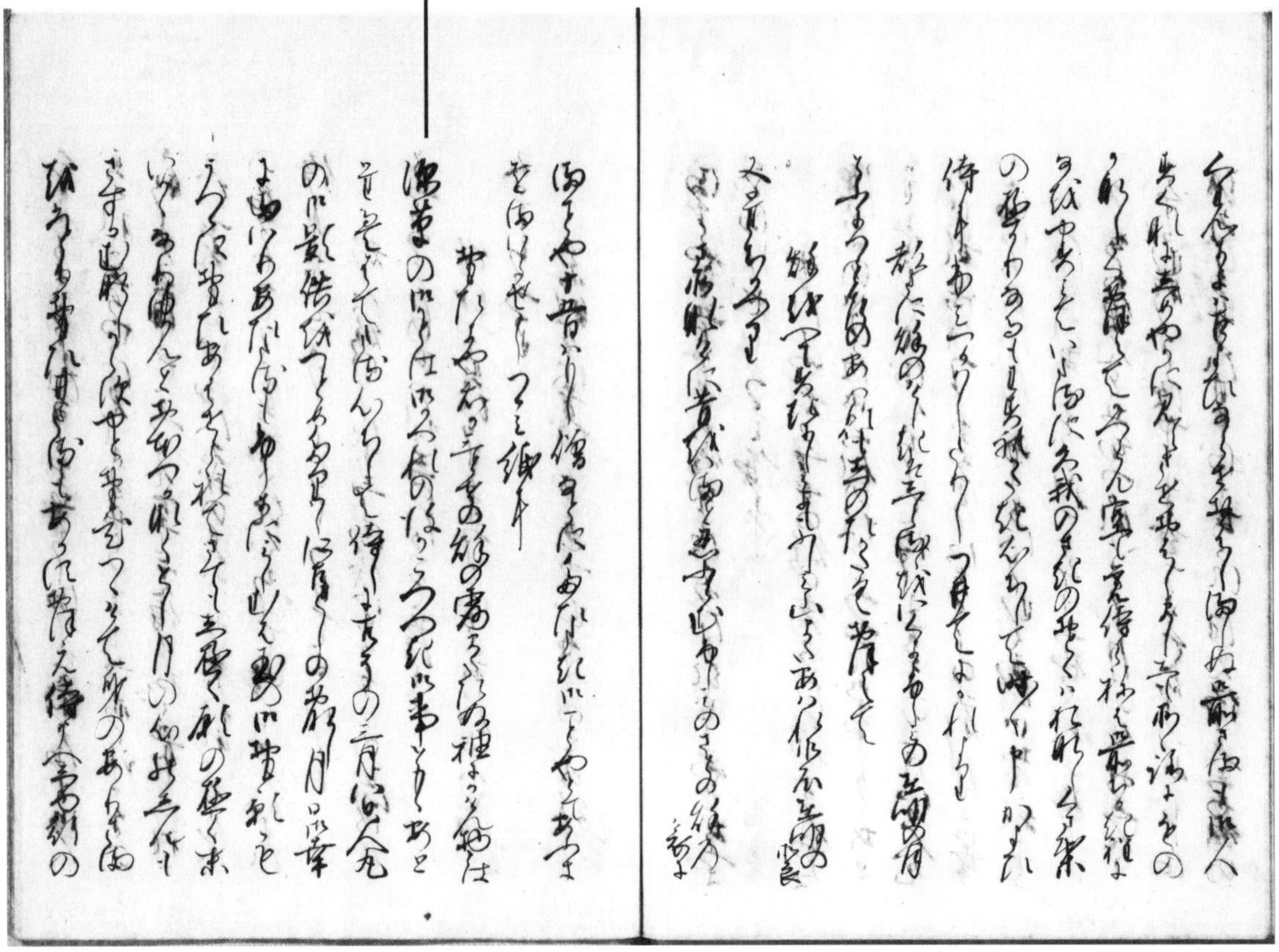

宮内庁書陵部蔵『とはずかたり』巻五・跋文（写本）

1

翻字	字母
深草	
御	
御	
後	
御事	

2

①

翻字	字母
心	
侍	
三月八日人丸	

3

翻字	字母
御影供	
月日御幸	

4

②

翻字	字母
玉	
御	
影	

【作品】

【成立】鎌倉時代末。最終記事の嘉《か》元《げん》四年（一三〇六）以降まもなくの成立か。【作者】後深草院二条《ごふかくさいんにじょう》。父は村上源氏の久我《こが》（中院《なかのいん》）雅忠《まさただ》、母は藤原氏四条家出身の大納言典侍《すけ》。

【その他】前三巻は後深草院に仕えた宮廷での生活を回想した内容を語り、後半二巻は出家後に諸国を旅した際の見聞を語る。作者二条は才色兼備であったため、後深草院だけでなく、「雪の曙」（西園寺実兼《さいおんじさねかね》）「有明の月」（仁和寺の性助法親王《しょうじょほっしんのう》）「近衛の大殿」（鷹司兼平《たかつかさかねひら》）らとも交際した。その生々しい愛欲生活の様子は前三巻に語られている。南北朝時代に成立した歴史物語『増鏡《ますかがみ》』に『とはずがたり』が引用されており、成立後しばらくしてからの享受例が確認できる。ただ、現在では、宮内庁書陵部に伝わる江戸時代初期写の一本しか存在しない。それは、赤裸々な宮廷生活の様子が語られているために、あまり人の目に触れないようにされてきたからかもしれない。

【解説】

掲載箇所には書名の由来が語られている。自身の生き様を誰にも知られないことを惜しみ、西行に憧れて決意した修行に対する思いを無駄にしないために本作を執筆したという。

翻字	字母
願	
末	

5

翻字	字母
月	
心	

6

翻字	字母
身	

7

翻字	字母
侍	
行	

8

誰に問われたからというのではなく、自身のために思いを語った書。すなわち、『とはずがたり』である。

現在では中世の女流日記文学を代表する位置を占めているが、昭和初期まではその存在を知られていなかった。つまり、『とはずがたり』は、昭和になって古典として人々に認知され、長い沈黙を破って再生した作品といえるのである。

【語釈】

①人麿影供とは、『古今和歌集』仮名序で「歌のひじり」と賞賛され歌神と認識されていた柿本人麿《かきのもとのひとまろ》像を掲げ、歌会を催すなどして供養する儀式のこと。作者二条は和歌の伝統を誇る村上源氏の嫡流であるという誇りを持っていた。人麿影供のことは巻五に語られている。

②「みしむば玉の御おも影」とは、熊野三山の一つ那智《なち》で写経していた折に、まどろんだ夢の中で後深草院および遊義門院《ゆうぎもんいん》（後深草院の皇女。母は東二条院）の出御に出会ったことを指す。また、その後、石清水八幡宮に行った際に遊義門院に出会ったことも語られている（巻五）。

③二条は九歳の時に「西行が修行の記といふ絵」を見て以来西行に憧れ、「かかる修行の記を書き記して、亡からむ後の形見にもせばや」と思ったという（巻一）。巻一に語られて

9

翻字	字母
心	
修行	
山	
社	

10

翻字	字母
様	

11

翻字	字母
侍	

12

翻字	字母
侍	

いる絵の内容は現存『西行物語絵巻』には見当たらないが、これに類する作品と考えられる。西行に対する憧れは本作における重要な主題である。

④「社」は「こそ」と読む。係助詞。

⑤本奥書については63頁のコラム参照。同様の注記は巻五の八幡参籠の部分などにもある。江戸時代初期に書写した段階で、すでにそのもとなった本にこのように書かれていたことがわかる。最後の部分がいつ欠損してしまったのか、その理由もその内容も不明である。なお、この最後の部分までも二条が書いたという説もある。

【現代語訳】

後深草院崩御の後は、愚痴を申し上げる御事もまったくなくなりました。そのような時、去年の三月八日に人麿影供を行いましたところ、今年の同じ日に（遊義門院の）御幸に参会いたしましたのも不思議なことで、（那智の御山で）見た夢の中の出御の際のお姿も現実のように思い合わせられました。それにしても宿願はどうなるのだろうかと気がかりでしたが、そうはいってもやはり長年の信心も無駄になることはあるまいと思い続け、自分の数奇な運命の話を一人心の中にしまっておくのももったいなく思いましたし、修行の志も、西行の修行の方法がうらやましく思

翻字	字母
本	
云	

13

⑤

翻字	字母
又	
候	

14

翻字	字母
候	

15

われたからこそ決断したのですから、その思いを無駄にはしまいという一心で、このようなつまらないことを書き付けておいたわけです。後々までの形見にしようとなどは思っておりません。

祖本が次のように書き伝えています。

ここからまた、刀で切られています。気がかりで、どのようなことが書いてあったのかと思われます。

【参考文献】

・石原昭平他編『とはずがたり 中世女流日記文学の世界』勉誠社、一九九〇年

・島津忠夫他編『『とはずがたり』の諸問題』和泉書院、一九九六年

・久保田淳校注・訳『新編日本古典文学全集47 建礼門院右京大夫集 とはずがたり』小学館、一九九九年

◎三角洋一『古典講読 とはずがたり』岩波書店、二〇一四年

◆やってみよう⑤『徒然草』

・東洋大学附属図書館蔵『つれづれ草』（奈良絵本）第八九段の1～27行を翻字してみよう。

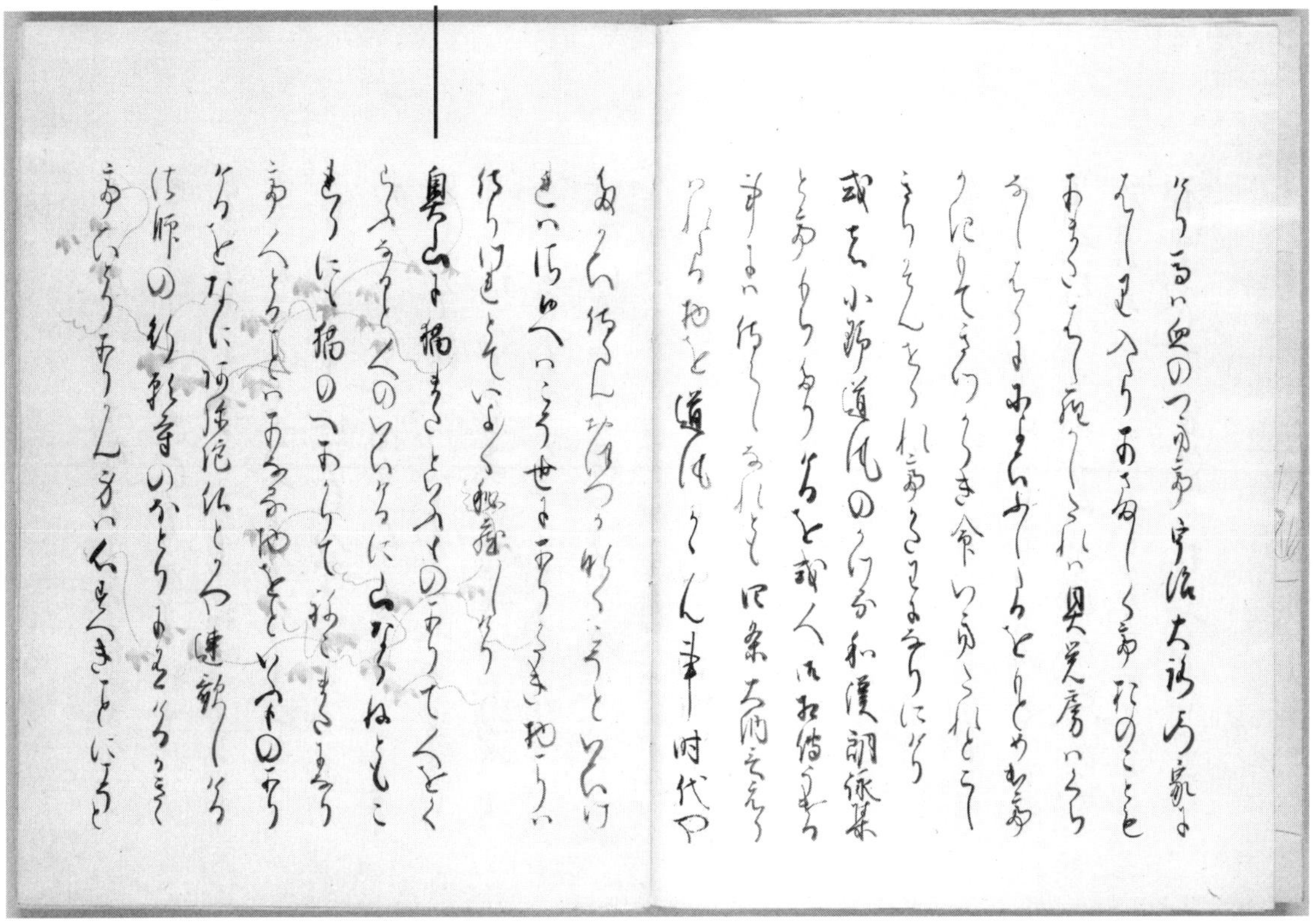

奥山　猫　人
人　山
猫
人　物
阿弥陀仏　連歌
法師　行願寺　有
身　心

東洋大学附属図書館蔵『つれづれ草』（奈良絵本）

解答↓78～79頁

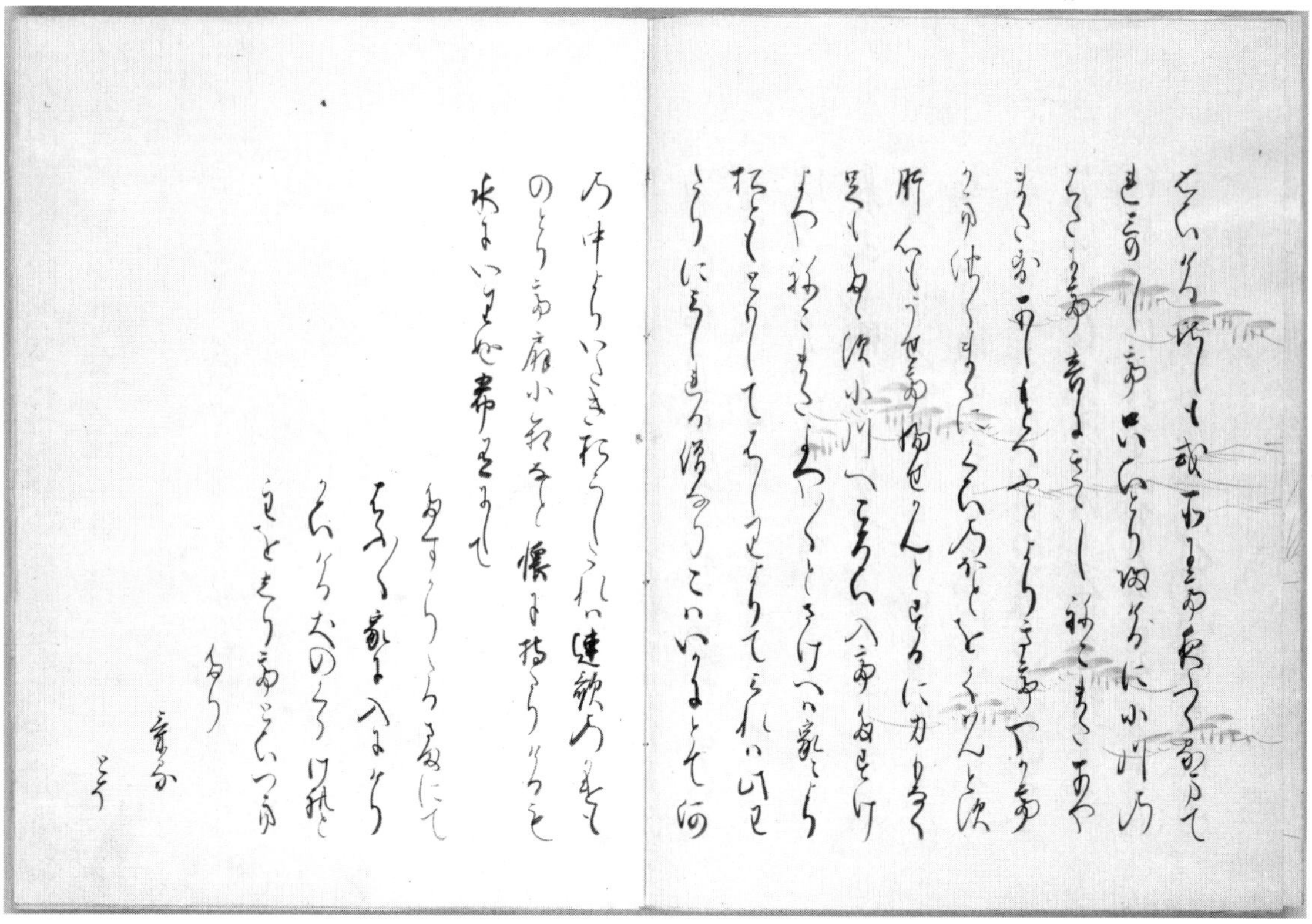

思 比 或所 夜
連哥 只 帰 小川
音
肝心 力
足 小川 入
く 家々
松 此
僧 河
中 連歌
扇小箱 懐 持
水 希有
く 家 入
犬
主

キリトリ線

解答

※【字母】のゴチックは本文が漢字であることを示す。

◆第三回『竹取物語』

問題→12頁

【翻字】

1 たけとり物語
2 今はむかし竹とりのおきなといふもの有けり野山にましりて
3 竹をとりつゝよろつの事につかひけりさるきのみやつことなん
4 いひけり其竹の中にもとひかる竹なん一すち有けりあやし
5 かりてよりて見るにつゝの中ひかりたりそれをみれは三すん
6 はかりなる人いとうつくしうてゐたりおきないふやうわれあさ
7 こと夕ことに見る竹の中におはするにてしりぬ子になり
8 給ふへき人なめりとて手にうち入て家へもちてきぬめの
9 女にあつけてやしなはすうつくしき事かきりなしいと
10 おさなけれは箱に入てやしなふ竹とりの翁竹とるに此子を
11 見つけてのちに竹取にふしをへたてゝよことにこかねある

【字母】

1 堂計止里**物語**
2 **今**八武可之**竹**止利乃於幾那止以不毛乃**有**介利**野山**尓満之里天
3 **竹**遠登利徒々与呂徒乃**事**尓川可比介利左流幾乃三也川己止奈无
4 以比介利**其竹**乃**中**尓毛止飛可類**竹**奈无**一**春知**有**遣利安也之
5 可利天与利天**見**類尓徒々乃**中**飛可利多利曽連越美連波**三**春无
6 八可利奈留**人**以止宇川久之宇天為多利於幾那以不屋宇王礼安左
7 古止**夕**己止仁**見**類**竹**乃**中**尓於者春類耳天志利奴**子**尓奈利
8 **給**不遍幾**人**奈女利止天**手**尓宇知**入**天**家**部毛知天幾奴女乃
9 **女**耳阿川介天屋之奈者須宇川久之幾**事**加幾利奈之以登
10 於左那介連波**箱**耳**入**天也之奈不**竹**止利乃**翁竹**止類尓**此子**遠
11 **見**川遣天乃知尓**竹取**尓不之遠遍多天々与己止仁古可祢安留

◆第四回『伊勢物語』

問題→16頁

【翻字】

1 むかしおとこうゐかうふりしてなら
2 の京かすかのさとにしるよしゝて
3 かりにいにけりそのさとにいとなまめ
4 いたるをむなはらからすみけりこの
5 おとこかいまみてけりおもほえすふる
6 さとにいとはしたなくてありけれは心地
7 まとひにけりおとこのきたりけるかり
8 きぬのすそをきりてうたをかきて

【字母】

1 無可之於止己宇為加宇不利之天奈良
2 乃**京**加寸可乃左止仁志留与之々天
3 加利尓以尓介利曽乃佐止尓以止奈万女
4 以多留遠武奈波良可良寸三介利己乃
5 於止己加以末美天介利於毛保衣春布留
6 左止仁以止者之多奈久天安利介礼者**心地**
7 満止比尓介利於止己乃幾堂利介留加利
8 幾奴乃寸曽遠幾利天宇多遠加幾天

◆第五回『土左日記』

問題→20頁

【翻字】

1 をとこもすなる日記といふものを
2 をむなもしてみむとてするなり
3 それのとしのしはすのはつかあま
4 りひとひのひのいぬのときにかとて
5 すそのよしいさゝかにものにかきつく
6 あるひとあかたのよとせいつとせはてゝ
7 れいのことゝもみなしをへてけゆな
8 とゝりてすむたちよりいてゝふねに

【字母】

1 平止己毛数奈留**日記**止以不毛乃遠
2 遠武那毛之天美无止天数留奈利
3 曽礼乃止之能之波数乃波川可安末
4 利比止比乃比乃以奴能止支尓加止天
5 数曽乃与之以散々可尓毛能尓可支川久
6 安留比止安可多乃与止世以川止世波天々
7 礼以乃己止々毛美那之遠部天計由那
8 止々利天数无多知与利以天々不祢尓

◆第六回 『枕草子』

問題↓24頁

【翻字】

1 春はあけほのやう〱しろくなりゆく山きはすこし
2 あかりてむらさきたちたる雲のほそくたな
3 ひきたる夏はよる月のころはさらなりやみも
4 なをほたるとひちかひたる雨なとのふるさへおかし
5 秋はゆふくれ夕日花やかにさして山きはいと
6 ちかくなりたるにからすのねところへ行とて三つ
7 四つふたつなととひゆくさへあはれなりまひて
8 かりなとのつらねたるかいとちいさく見ゆるいと
9 おかし日入はてゝ風のをとむしのねなといとあ
10 はれなり冬は雪のふりたるはいふへきにも

【字母】

1 **春**波安計保乃也宇〱志路久奈里由久**山**幾波春己之
2 安可利天武良佐幾堂地堂流**雲**能保曽久堂那
3 飛支多留**夏**波与流**月**能古路盤左良奈利屋三毛
4 奈越本多流止比知可比堂留**雨**奈止能婦留左部於可之
5 **秋**者由不久礼**夕日花**也可仁左之天**山**幾波以止
6 知可久奈利多流尓加良春乃祢止古路部**行**止天**三**川
7 **四**徒婦多川奈止止比遊久左部阿者礼奈利末比天
8 可里奈止能津良年多累可以止知以左久**見**由留以登
9 於可之**日入**者天々**風**乃遠止武之乃祢奈登以止阿
10 者連奈利**冬**盤**雪**能不利堂流波以不部支尓毛

◆第七回 『源氏物語』

問題↓30頁

【翻字】

1 いつれの御ときにか女御更衣あまた
2 さふらひ給けるなかにいとやむことな
3 きゝはにはあらぬかすくれてとき
4 めきたまふありけりはしめよりわ
5 れはとおもひあかり給へる御かた〱
6 めさましき物におとしめそねみた
7 まふおなし程それより下らうの
8 更衣たちはましてやすからすあ
9 さゆふのみやつかへにつけても人の
10 こゝろをのみうこかしうらみをおふ

【字母】

1 以徒連乃**御**止起尓可**女御更衣**安末多
2 左不良比**給**介留奈可尓以止也武己止奈
3 幾々八尓者安良怒可寸久礼天止起
4 女幾多末不安利介利八之女与利王
5 連者止於毛比阿可里**給**部留**御**可多〱
6 免左満之幾**物**尓於止之女曽祢三多
7 末不於奈之**程**曽礼与利**下**良宇乃
8 **更衣**堂知八末之天也寿可良須安
9 左遊不乃三也徒可部尓川希天毛**人**乃
10 古々路遠乃三宇己可之宇良三越於不

◆第八回 『更級日記』

問題↓34頁

【翻字】

1 あつまちのみちのはてよりも猶お

2 くつかたにおいゝてたる**人**いか**許**
3 かはあやしかりけむをいかにおも
4 ひはしめける**事**にか**世中**に**物**
5 かたりといふ**物**のあんなるをいかて
6 **見**はやとおもひつゝつれ〳〵なるひる
7 まよひゐなとにあねまゝはゝなと
8 やうの**人**〳〵のその**物**かたりかのものか
9 たりひかる**源氏**のあるやうなと

【字母】

1 安徒万地乃美知乃者天与利毛**猶**於
2 久川可多尓於以々天堂留**人**以可**許**
3 加者安也之加利介武遠伊可尓於毛
4 比波之免介留**事**尓可**世中**尓**物**
5 加多利止以不**物**乃安无奈留遠以可天
6 **見**者也止於毛比川々徒礼〳〵奈留比留
7 満与飛為奈止尓安祢末々波々奈止
8 也宇乃**人**〳〵乃曽乃**物**可多利加乃毛乃可
9 太利飛可留**源氏**乃安留也宇奈止

◆第九回『方丈記』

問題→38頁

【翻字】

1 行川《ゆくかは》のながれは絶《たえ》ずして。しかも本《もと》の
2 水《みず》にあらず。よどみにうかふうたかたは。かつ
3 きえかつむすびて。ひさしくとまる事
4 なし。世中《よのなか》にある人と。すみかと。又かくのごと
5 し。玉《たま》しきの都《みやこ》のうちに。むねをならべ。
6 いらかをあらそへる。たかきいやしき人
7 のすまゐは。代々《よ〳〵》をへてつきせぬものなれ
8 ど。是《これ》をまことかとたづぬれば。昔有《むかしあり》し
9 家《いゑ》はまれ也。あるは大家《たいか》ほろびて小家《せうか》

【字母】

1 **行川**乃奈可礼八**絶**春之天。志可毛**本**乃
2 **水**尓安良春。与止見仁宇可不宇多可太八。可川
3 幾衣可徒武春比天。比左之久止末流**事**
4 那之。**世中**丹安流**人**止。春美可止。**又**可久能己止
5 之。**玉**之幾乃**都**乃宇地尓。武祢遠奈良部。
6 以羅可遠安良曽部類。堂可幾以屋之幾**人**
7 乃春万為八。**代々**遠部天川幾世奴毛乃奈礼
8 止。**是**越万己止可止太川奴礼者。**昔有**之
9 **家**八末礼**也**。安流八**大家**保呂比天**小家**

◆第十回『徒然草』

問題→44頁

【翻字】

1 つれ〳〵なるまゝに、日くらしすゝりに
2 むかひて、心にうつり行よしなし事を、そこ
3 はかとなくかきつくれはあやしうこそ
4 物くるおしけれ、いてや此世に生れては
5 ねかはしかるへき事こそおほかめれ、
6 みかとの御位はいともかしこし、竹の園生の
7 末葉まて人間の種ならぬそやんことなき、
8 一の人の御あり様はさらなり、たゝ人も
9 舎人なと給はるきはゝゆゝしと見ゆ、
10 その子むまこまてはゝふれにたれとなを

【字母】

1 徒連〳〵奈流末々仁、**日**久良之寸々里仁
2 武可比天、**心**尓宇川利**行**与之奈之**事**遠、曽己
3 者可登奈久可幾徒久礼盤安也之宇己曽
4 **物**久留於之介礼、以天也**此世**仁**生**礼天波
5 年可八之可留部幾**事**己曽於本可女礼
6 美可止能**御位**盤以止毛可之己之、**竹**濃**園生**能

7 **末葉**末天**人間**能**種**奈良奴曽也无己止奈起、
8 **一**乃**人**濃**御**安利**様**八佐良奈利、多々**人**毛
9 **舎人**奈止**給**八留幾八々由々之止**見**遊、
10 曽能**子**武末己末天盤者不礼尓多礼止奈越

◆第十一回『平家物語』

問題→48頁

【翻字】

1 平家《へいけ》物語《ものがたり》第一
2 　たゝもりせうてんの事
3 祇園《ぎおん》しやうしやのかねのこゑ。しよきやう
4 むしやうのひゝきあり。しやらさうしゆの
5 花の色。しやうしやひつすいのことはりを
6 あらはす。をこれる人も久しからす。たゝ
7 春《はる》の夜《よ》の夢《ゆめ》のことし。たけきものもつゐに
8 ほろふ。ひとへに風の前《まへ》のちりに同し。とを
9 くいてうのせんせうをとふらへは。しんの
10 てうかう。かんのわうまう。りやうのしゆう

【字母】

1 **平家物語第一**
2 　堂々毛里世宇天无乃**事**
3 **祇園**志也宇志也乃可祢乃己恵。志与幾也宇
4 武志也宇能比々幾安利。志也良左宇志由乃
5 **花乃色**。志也宇之也比川春以乃己止八利遠
6 安良八須。遠古礼留**人**毛**久**之加良須。多々
7 **春**乃**夜**乃**夢**能己止之。太計幾毛乃毛徒井仁
8 本呂不。比止部尓**風**乃**前**能知里仁**同**之。止越
9 具以天宇乃世无世宇遠止不良部八。志无能
10 天宇加宇。加无能王宇満宇。里也宇能志由宇

◆第十二回『宇治拾遺物語』

問題→54頁

【翻字】

1 世に宇治大納言物語といふ物あり此大納言は隆国と
2 いふ人なり西宮殿高明也の孫俊賢大納言の第二
3 の男なり年たかうなりてはあつさをわひていとま
4 を申て五月より八月まては平等院一切経蔵の
5 南の山きはに南泉房と云所にこもりゐられけり
6 さて宇治大納言とはきこえけりもとゝりをゆひ
7 わけて　むしろをいたにしきて
8 　大なる打輪を
9 上中下をいはす
10 昔物語をせさせて我は内にそひふしてかたるにし
11 たかひておほきなる双紙にかゝれけり天竺の事も有

【字母】

1 **世**尓**宇治大納言物語**止以不**物**安利**此大納言**八**隆国**止
2 以不**人**奈利**西宮殿**高明也乃**孫俊賢大納言**乃**第二**
3 乃**男**奈利**年**太可宇奈利天盤安川左遠和比天以止満
4 遠**申**天**五月**与利**八月**末天八**平等院一切経蔵**乃
5 **南**乃**山**幾八尓**南泉房**止**云所**尓己毛里為良連介里
6 左天**宇治大納言**止八幾古衣介利毛止々里遠由比
7 王計天　武之呂遠以多尓志幾天
8 　**大**奈流**打輪**遠
9 **上中下**遠以者須
10 **昔物語**遠世左勢天**我**盤**内**尓曽比不之天加多留尓志
11 太可比天於保幾奈流**双紙**尓加々礼介利**天竺**乃**事**毛**有**

◆第十三回『建礼門院右京大夫集』

問題→58頁

【翻字】

1 おひのゝち民部卿定家の哥をあ
2 つむることあるとてかきをきたる
3 物やとたつねられたるにも人かす
4 におもひいてられたるなさけあ

りかたくおほゆるにいつのなと
とはれたるおもひやりいみしくおほ
えてなをへたてはてにしむか
しのことのわすれかたくそのよのまゝ
になと申て
ことの葉のもし世にちらはしのはしき
むかしのなこそとめまほしけれ
返し　民部卿
おなしくは心とゝめむいにしへの
そのなをさらによゝにのこさむ
とありしなむうれしくおほえし

【字母】

於比乃々知**民部卿定家**乃**哥**遠安
川武留己止安留止天加幾遠幾多留
物也止多川年羅連多留尓毛**人**可寸
丹於毛比以天羅礼多留奈左計阿
里加多久於本由留丹以川乃奈止
止八連多留於毛比屋利以三之久於本
衣天奈越遍多天者天尓之武可
之乃己止能王寸礼可多久曽能与乃末々
尓奈止**申**天
己止能**葉**農裳之**世**尓知良八志乃八之幾
武可之乃奈己曽止女満本之介礼
返之　**民部卿**
於奈之具盤**心**止々女武以尓之部農
曽乃奈越佐良丹与々仁乃己左無
止安里之奈武宇礼之久於本衣之

◆第十四回『とはずがたり』

問題↓64頁

【翻字】

深草の御かとは御かくれの後かこつへき御事ともゝあと
たえはてたる心ちして侍しにこその三月八日人丸
の御影供をつとめたりしにことしのおなし月日御幸
にまいりあひたるもふしきにみしむは玉の御おも影も
うつゝにおもひあはせられてさてもしゆく願のゆく末
いかゝなりゆかんとおほつかなくとし月の心のしんも
さすかむなしからすやとおもひつゝけて身のありさま
をひとりおもひゐたるもあかすおほえ侍うへしゆ行の
心さしもさいきやうか修行のしきうら山しくおほえて社
おもひたちしかはそのおもひをむなしくなさしはかりにか様
のいたつらことをつゝけをき侍こそのちのかたみとまて
はおほえ侍ぬ
本云
こゝより又かたなしてきられて候おほ
つかなういかなることにかとおほえて候

【字母】

深草乃**御**可止波**御**可久礼乃**後**可己川部起**御事**止毛々安止
堂盈者天多流**心**知之天**侍**之尓古曽乃**三月八日人丸**
乃**御影供**越川止女多里之仁古止之乃於那之**月日御幸**
尓満以利安比多流毛布之支仁三之武者**玉**乃**御**於毛**影**毛
宇川々仁於毛比安者世良礼天左天毛志遊久**願**乃遊久**末**
以可々奈利由可无止於本川可那久止之**月**乃**心**能志无毛
左寸可武那之可良須也止於毛飛川々介天**身**乃安利左満
越悲止利於毛比井多流毛安可須於保衣**侍**宇部志由**行**乃
心左之毛左以幾也宇可**修行**能之幾宇良**山**志久於保衣天**社**
於毛比堂地之可波所乃於毛比遠武奈之久奈左之八可利仁可**様**
能以多川良己止越川々支**侍**古楚能知乃可多三止末天
盤於保衣**侍**怒
本云

14 己々与里**又**可多那之天幾良礼天**候**於保
15 川可奈宇以可那留己止仁可止於保衣天**候**

問題→11頁

◆やってみよう①

A

【翻字】

雪のいとたかう降たるを例ならす御格子まゐりて炭櫃に火おこして物語なとして
あつまりさふらふに少納言よ香炉峰の雪いかならむ

B

【翻字】おくのほそみち／**【字母】**於久乃本曽美知
【翻字】はるかなりける／**【字母】**者流可奈里計留
【翻字】まことによしやと／**【字母】**満己止尓与之也止

◆やってみよう②『百人一首』

問題→19頁

【字母】

1 小野小町
2 者那乃**色**八宇徒利尓介利奈以多川良尓
3 **我身**与尓布留奈可女世之万尓
4 蟬丸
5 己礼也古乃**行**毛可遍留毛**別**帝八
6 之流毛志良奴毛安不左可乃**関**
7 参議篁
8 和多乃八良也曽之満可計天己幾**出**奴止
9 **人**尓盤川気与安万乃徒利**舟**
10 僧正遍昭
11 安万川可世**雲**乃可与比知**吹**止知与
12 遠止女能春可多志八之止々女武
13 陽成院
14 津久者祢乃**峯**与利於川留美奈乃**川**
15 **恋**曽川毛利帝不知止奈利気留

東洋大学附属図書館蔵『百人一首図絵　雪』

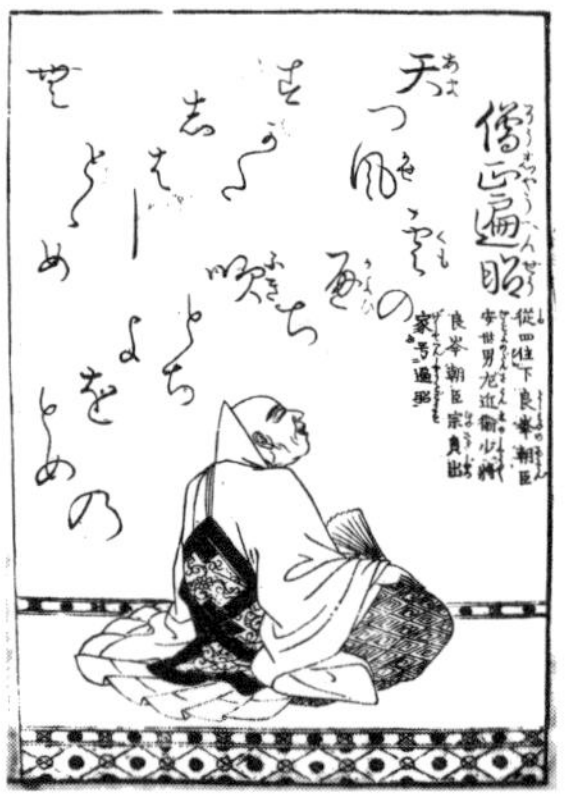

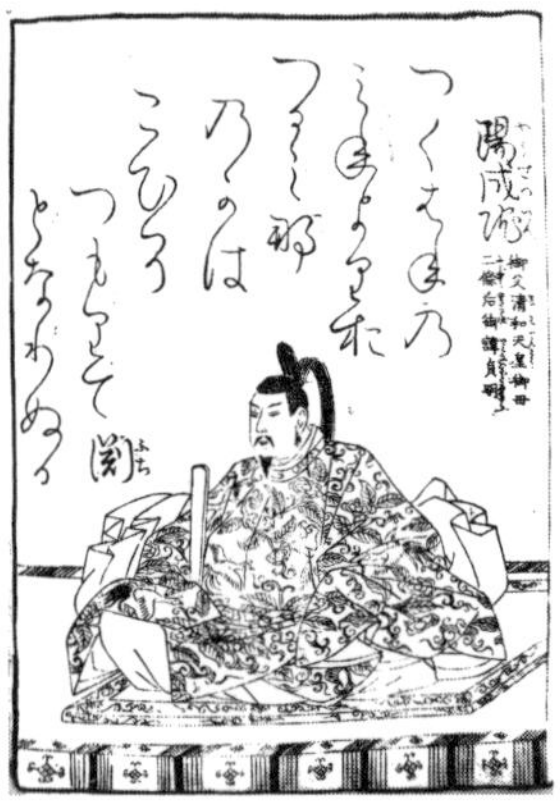

【翻字】（参考）

1 小野小町
2 はなの色はうつりにけりないたつらに
3 我身よにふるなかめせしまに
4 蟬丸
5 これやこの行もかへるも別ては
6 しるもしらぬもあふさかの関
7 参議篁
8 わたのはらやそしまかけてこき出ぬと
9 人にはつけよあまのつり舟
10 僧正遍昭
11 あまつかせ雲のかよひち吹とちよ
12 をとめのすかたしはしとゝめむ
13 陽成院
14 つくはねの峯よりおつるみなの川
15 恋そつもりてふちとなりける

◆やってみよう③『平中物語』

問題→28頁

【翻字】

1 いまはむかし男二人して女ひとりをよ
2 はひけりさいたちてよりいひける男
3 はつかさまさりてそのときのみかとにち
4 かうつかふまつりのちよりいひけるをとこ
5 はそのおなしみかとのはゝきさきの御あ
6 るすゐにてつかさはおとりけりされとい
7 かゝおもひけんのちの人にそつきにける
8 かゝれはこのはしめのおとこはこのもた
9 りける男おそいみしくあたみてよろつ
10 のたい〱しきことをものゝおりことにみか
11 とのなめしとおほすはかりの事を
12 つくりいたしつゝきこえそこなひ

13 けるあいたにこのおとこはた宮つかへ
14 おはくるしき事にしてたゝせうよう
15 をのみしてゐふつかさにて宮つかへもつか
16 ふまつらすといふことといてきてつかさとらせ
17 たまへはよの中もおもひうしてうき世
18 にはましらはてひたみちにおこなひに
19 つきて野にもやまにもましりなんと思ひ
20 つれと一すをたにもはなたすちゝはゝの

【字母】（参考）

1 伊末波武可之**男二人**之天**女**日止利越与
2 者比気利左以太知天与里以比計留**男**
3 波川可左満左里天曽乃止幾乃美可止尓知
4 加宇川可不末川利乃知与利以比介留越止己
5 波曽能於奈之美可止乃者々幾左幾乃**御**安
6 累寸恵尓天川可左波於止利気利左礼止以
7 加々於毛比計无乃知能**人**尓曽川幾尓計留
8 閑々礼八己乃者之免乃於止己波古乃毛多
9 利計留**男**於曽以三之久安多見天与呂川
10 乃堂以〱之幾己止越毛乃々於利己止尓美可
11 止乃奈免之止於保寸者可利能**事**越
12 川久里伊多之川々幾古衣曽己奈比
13 気累安以堂仁古乃於止己波多**宮**川可部
14 於波久留之幾**事**仁之天太々世宇与宇
15 遠乃三之天恵不川可左尓天**宮**川可部毛川可
16 不末川良寸止以不己止以天幾天川可左止良勢
17 多末部波与乃**中**毛於毛比宇之天宇幾**世**
18 尓八末新良八天比堂美知仁於己奈比耳
19 川幾天**野**尓毛也末尓毛満之里奈无止**思**日
20 川礼止**一**寿越堂尓毛者那多寸知々波々能

◆やってみよう④ 『一寸法師』

【翻字】

1 いつくともなくおに二人来《きた》
2 りて。一人はうちでのこづ
3 ちをもち。いま一人が申やうは。
4 のみてあの女《ねう》ばうとり候はん
5 と申。くちよりのみ候へは。めのう
6 ちより出にけり。おに申やうは。
7 是《これ》はくせものかな。くちをふさげ
8 ばめより出る。一寸ぼうしはお
9 にゝのまれては。めよりいてゝ
10 とびありきければ。おにも
11 おぢをのゝきて。是はたゞも
12 のならず。たゞちごくに
13 らんこそいできたれ。たゞに
14 けよといふまゝに。うちでの
15 こづちつえしもつ。なにに
16 いたるまでうち捨《すて》て。ごく
17 らくじやうどのいぬゐの。いか
18 にもくらきところへ。やう
19 やうにげにけり。さて一寸《すん》ぼ
20 うしは是《これ》をみて。まづうちで
21 のこづちをらんばうし。
22 われ〱がせいをおほきに
23 なれとぞ。どうと
24 　　うち
25 　　候へは
26 程《ほど》なくせいおほきになり。
27 さて此ほどつかれにのぞみた

問題↓42頁

28 ることなれば。まづ〳〵めしを
29 うちいだし。いかにもうまさう
30 なるめし。いづくともなくいで
31 にけり。ふしぎなるしあはせ
32 となりにけり。そのゝち金《こがね》
33 しろかねうちいだし。ひめぎみ
34 ともにみやこへのぼり。五でう
35 あたりにやどをとり。
36 十日ばかり
37 あり
38 けるか

【字母】（参考）
1 以川久止毛奈久於尓**二人来**
2 里天。**一人**盤宇知天乃己川
3 知越毛知。以万**一人**可**申**也宇八。
4 乃三天安乃**女**者宇止利**候**八无
5 止**申**。久知与利乃三**候**部八。女能宇
6 知与利**出**尓遣利。於尓**申**也宇八。
7 **是**八久世毛乃可奈。久知遠不左遣
8 者女与利**出**留。**一寸**保宇之八於
9 尓々乃末連天八。女与利以天々
10 止比安里幾介礼八。於尓毛
11 於知遠乃々幾天。**是**八多々毛
12 乃奈良春。多々知己久耳
13 良无己曽以天幾多礼。多々尓
14 計与登以不末々尓。宇知天乃
15 己川知津衣志毛川。奈仁尓
16 以多留末天宇知**捨**天。己久
17 良久之也宇止乃以奴為乃。以可
18 尓毛久良幾止己呂部。也宇
19 也宇尓遣尓介利。左天**一寸**本
20 宇之八**是**遠三天。末川宇知天
21 乃己川知遠良无者宇之。
22 王連〳〵可世以遠於保幾耳
23 奈礼止曽。止宇止
24 宇知
25 **候**部波
26 **程**奈久世以於保幾尓奈里。
27 左天**此**保止川可礼尓乃曽三多
28 累己止奈礼者。末川〳〵女之遠
29 宇知以多之。以可仁毛宇末左宇
30 奈留女之。以川久止毛奈久以天
31 尓介利。不之幾奈留志安八世
32 止奈利尓介利。曽乃々知**金**
33 志路可年宇知以多之。比女幾三
34 止毛尓三也己部乃本里。**五**天宇
35 阿多利尓也止越止利。
36 **十日**八可利
37 安利
38 遣留可

◆やってみよう⑤『徒然草』

問題→69頁

【翻字】
1 奥山に猫またといふものありて人をく
2 らふなると人のいひけるに山ならねともこ
3 れらにも猫のへあかりてねこまたになり
4 て人とることはあなる物をといふものあり
5 けるをなに阿弥陀仏とかや連歌しける
6 法師の行願寺のほとりに有けるかきゝ

7 てひとりありかん身は心すへきことにこそと
8 思ひける比しも或所にて夜ふくるまて
9 連哥して只ひとり帰けるに小川の
10 はたにて音にきゝしねこまたあや
11 またすあしもとへふとよりきてやかて
12 かきつくまゝにくひのほとをくはんとす
13 肝心もうせてふせかんとするに力もなく
14 足もたゝす小川へころひ入てたすけ
15 よやねこまたよや〱とさけへは家々より
16 松ともともしてはしりよりてみれは此わ
17 たりにみしれる僧なりこはいかにとて河
18 の中よりいたきおこしたれは連歌のかけも
19 のとりて扇小箱なと懐に持たりけるも
20 水にいりぬ希有にして
21 たすかりたるさまにて
22 はふ〱家に入にけり
23 かひける犬のくらけれと
24 主をしりてとひつき
25 たり
26 ける
27 とそ

【字母】（参考）

1 **奥山**尓**猫**末多止以不毛乃安利天**人**遠久
2 良不奈留止**人**乃以比介留仁**山**奈良祢止毛己
3 連良仁毛**猫**乃部安可利天祢己末多尓奈利
4 帝**人**止留己止八安奈累**物**遠止以不毛乃安利
5 介留遠奈仁**阿弥陀仏**止可也**連歌**之介留
6 **法師**乃**行願寺**乃本止利尓**有**介留可幾々
7 帝比止利安利可无**身**八**心**春部幾己止仁己曽止
8 **思**比介留**比**之毛**或所**尓帝**夜**不久累万天
9 **連哥**之帝**只**比止利**帰**介留仁**小川**乃
10 者多尓帝**音**尓幾々之祢己末多安也
11 末多寿安之毛止部不止与利幾帝也可帝
12 可幾津久末々仁久比乃本止遠久八无止須
13 **肝心**毛宇世帝婦世可无止春留仁**力**毛奈久
14 **足**毛多々須**小川**部己呂比**入**帝多春計
15 与也祢己末多与也〱止左計部八**家々**与利
16 **松**止毛止毛之天者之里与利天三礼八**此**王
17 多利仁三之連留**僧**奈利己八以可尓止天**河**
18 乃**中**与利以多幾於己之多礼八**連歌**乃可遣毛
19 乃止利帝**扇小箱**奈止**懐**尓**持**多利介留毛
20 **水**尓以里怒**希有**尓之天
21 多寸可利多留左満仁天
22 者不〱**家**尓**入**尓介利
23 可比介留**犬**乃久良計礼止
24 **主**遠志利帝止比川幾
25 多利
26 気累
27 止曽

田代 圭一（たしろ けいいち） **担当：コラム**
1997年3月　早稲田大学大学院文学研究科修士課程修了
現職　宮内庁書陵部図書課主任研究官
主著 『人と書と　歴史人の直筆』（2016年3月 新典社）
　　　『人と書とⅡ　歴史人の直筆』（2018年1月 新典社）
　　　『人と書とⅢ　歴史人の直筆』（2022年3月 新典社）
山中 悠希（やまなか ゆき） **担当：第2～8回、やってみよう①・③、各解答**
2009年3月　早稲田大学大学院文学研究科博士後期課程修了
現職　立正大学文学部文学科日本語日本文学専攻コース教授
主著 『堺本枕草子の研究』（2016年2月 武蔵野書院）
和田 琢磨（わだ たくま） **担当：第1・9～14回、やってみよう②・④・⑤、各解答**
2007年3月　早稲田大学大学院文学研究科博士後期課程退学
現職　早稲田大学文学学術院教授
主著 『『太平記』生成と表現世界』（2015年2月 新典社）

変体がなで読む日本の古典

2016年9月28日　初刷発行
2024年4月11日　三刷発行

編　者　田代 圭一・山中 悠希・和田 琢磨
発行者　岡元 学実

発行所　株式会社　新 典 社

〒111－0041　東京都台東区元浅草2－10－11　吉延ビル4F
TEL　03－5246－4244　FAX　03－5246－4245
振　替　00170－0－26932

印刷所 惠友印刷㈱　製本所 牧製本印刷㈱

ISBN 978-4-7879-0639-7 C1095
https://shintensha.co.jp/
E-Mail:info@shintensha.co.jp